© Tobias Everke

Natalie Standiford wurde in Baltimore geboren. Sie studierte Russische Literatur und verbrachte ein Jahr in Sankt Petersburg. Danach arbeitete sie in New York in einer Buchhandlung und in einem großen Verlag. Heute ist sie hauptberuflich Schriftstellerin. In ihrer Freizeit spielt sie Bassgitarre in einer Schriftstellerband.

NATALIE STANDIFORD

Ein Baum voller Geheimnisse

Aus dem Englischen von Claudia Max

CARLSEN

Außerdem von Natalie Standiford im Carlsen Verlag lieferbar:
Die Bekenntnisse der Sullivan-Schwestern

MIX
Papier aus verantwortungsvollen Quellen
FSC® C083411

Veröffentlicht im Carlsen Verlag
Januar 2019

Originalverlag: Scholastic Press, an imprint of Scholastic Inc.,
New York, USA
Originaltitel: The Secret Tree

Umschlagillustration: Eva Schöffman-Davidov
Umschlaggestaltung: formlabor
Corporate Design Taschenbuch: bell étage
Satz: Pinkuin Satz und Datentechnik, Berlin
ISBN: 978-3-551-31769-8

Für Sam, Willard und die große Natalie

Die Legende vom Geheimnisbaum

Ein Geist kann überall leben. Manche Geister leben im Wasser. Manche geistern in Häusern oder auf Friedhöfen herum. Andere leben in der Luft. Und manche Geister leben in den Bäumen.

Hat ein Baum ein schönes, tiefes Loch in seinem Stamm, kann ein Geist darin leben und sich von Geheimnissen ernähren. So ein Baum zieht nämlich Menschen mit Geheimnissen an. Sie schreiben ihre Geheimnisse auf Zettel und stecken sie dann in das Loch, der Geist verspeist sie und wenig später sind die Betreffenden davon befreit. Die Geheimnisse flüstern von den Zweigen des Baums und wehen mit dem Wind für immer davon.

Jede Stadt hat ihre Geschichten und ihren Aberglauben. In Catonsville haben wir Crazy Ike, das Hexenhaus, den Fledermausmann und den Geheimnisbaum. Den Geheimnisbaum habe ich letzten Sommer zufällig im Wald vor meinem Haus entdeckt. Und so ist es passiert.

Ein Wesen im Wald

Ich heiße Minty Fresh. Meine beste Freundin heißt Pax A. Punch.

Wir sind noch nicht berühmt, doch wenn wir erst mal älter und die Königinnen des Roller Derby sind, werden unsere Namen schon noch alle anderen Spielerinnen das Fürchten lehren.

Nicht dass Minty Fresh ein übermäßig einschüchternder Name wäre.

Paz und ich waren Derby-Fans, seit wir acht waren und die Rollschuhbahn in unserer Stadt ihr eigenes Team gegründet hat, die Catonsville Nine. Wir haben sie den ganzen Winter angefeuert – knallharte Mädels mit Helmen und Knieschützern, die sich gnadenlose Kämpfe mit den Arbutus Beauties und dem Megateam Baltimore Bombers lieferten. Wir haben uns ebenfalls Rollschuhe gekauft und sämtliche Kniffe geübt.

Ich hatte Schwierigkeiten, meinen Roller-Derby-Namen zu finden. Minty Fresh ist nicht so schlagkräftig wie Pax A. Punch. Er klingt eher nach Zahnpasta. Aber was Besseres ist mir einfach nicht eingefallen.

»Was hältst du von Mintynator?«, schlug Paz vor. Wir liefen in der Wendeschleife vor ihrem Haus Rollschuh. »Oder der tödlichen Minty?«

Ich probierte sie durch. »Minty Mortimer, auch bekannt als Mintynator. Nein. Tut mir leid. Das bin ich einfach nicht. Das hat überhaupt nichts mit meinem richtigen Namen zu tun.«

»Na und?«

Sie kapierte es nicht. Ich wollte ein Roller-Derby-Superstar werden. Ich, nicht irgendeine erfundene Person. Sie hat Glück: Paz Anita Calderon ist eine super Ausgangsbasis für einen Roller-Derby-Namen. *Paz* bedeutet »Frieden« auf Spanisch und *pax* »Frieden« auf Latein. Praktisch dasselbe Wort. Man hätte fast denken können, ihre Eltern hätten Roller Derby im Hinterkopf gehabt, als sie den Namen für sie aussuchten. Obwohl, wenn man ihre Eltern kennt, vermutlich eher nicht.

Lennie, Paz' jüngere Schwester, saß auf der Bordsteinkante und passte auf die kleinen Brüder Hugo und Robbie auf, die sich im Vorgarten der Calderons wie Welpen balgten. »Ich weiß einen Namen für dich«, sagte Lennie. »Minty K. Wumm!« Lennie konnte den ganzen Tag herumsitzen und sich Roller-Derby-Namen ausdenken.

»Zu schräg«, sagte ich.

»Es wird dunkel«, sagte Paz. »Komm, wir üben noch einmal die Beinschleuder.«

Die Beinschleuder ist ein Trick, den wir beim letzten Catonsville-Nine-Wettkampf von Lemony Trittfest und Willa Beinhart gesehen hatten. Willa streckte ein Bein nach hinten, Lemony packte ihren Fuß, und Willa schleuderte sie vorwärts, damit Lemony punkten konnte. Lemony Trittfest ist nämlich Jammer, das heißt, holt Punkte, wenn sie die gegnerischen Spielerinnen überholt. Die anderen Spielerinnen auf der Bahn sind Blocker und müssen versuchen, die gegnerischen Jammer davon abzuhalten, Punkte zu machen. Der Trick besteht darin, irgendwie an den gegnerischen Blockern vorbeizukommen, und da funktionierte die Beinschleuder genial. Paz lief vor mir und streckte das Bein aus. Ich packte ihren Fuß. Sie schleuderte mich nach vorn. Ihr langer schwarzer Zopf flog ihr um den Kopf, ich flog allerdings nirgendwohin. Ich klatschte auf den Hintern. Wieder mal.

»Toller Trick«, sagte Lennie. »Wie heißt er doch gleich? Popoplatsch? Den solltet ihr unbedingt bei der Parade vorführen.«

»Die ist doch erst in zwei Wochen«, sagte ich. »Bis dahin haben wir's raus.« Da war ich mir zwar nicht so sicher, aber wenn ich es nur oft genug wiederholte, würde es vielleicht irgendwann stimmen.

Am Unabhängigkeitstag fand der jährliche Umzug durch unser Viertel statt und Paz und ich hatten vor, mit Rollschuhen mitzulaufen. Früher hatten wir immer unsere Fahrräder geschmückt und waren wie die anderen damit um den Block gefahren, doch dieses Jahr würden wir allen mit unseren Roller-Derby-Künsten die Sprache verschlagen. Falls es irgendwann mal richtig klappte.

»Lass uns morgen auf der Rollschuhbahn noch mal üben«, sagte ich und zog meine Rollschuhe aus.

»Darf ich mit euch laufen?«, bettelte Lennie. »Ich bin tausendmal besser als ihr beide.«

Ich wusste, was Paz darauf antworten würde. Lennie hatte Recht – sie war mindestens so gut wie Paz und ich. Aber sie war erst neun. Seit Paz elf geworden war, nahm sie Lennies Alter immer als Vorwand, sie von allem auszuschließen. Das trieb Lennie zur Weißglut.

»Vielleicht nächstes Jahr«, sagte Paz. »Ich hab Durst. Hol uns eine Limo.«

»Warum sollte ich?« Lennie schob trotzig den Unterkiefer vor.

»Weil ich dich darum gebeten habe«, sagte Paz.

»Du hast mich nicht darum gebeten, du hast es mir befohlen«, sagte Lennie.

»Wenn du nicht willst, dass Mom und Dad *du weißt schon was* erfahren«, sagte Paz, »holst du uns jetzt eine Limo.«

»Pah.« Lennie stand auf und lief ins Haus.

»Was ist denn *du weißt schon was*?«, fragte ich Paz.

»Sie hat ein Glas auf den Couchtisch im Wohnzimmer gestellt«, sagte Paz. »Und jetzt ist dort ein Rand.«

»Oh.« Die Calderon-Kinder durften eigentlich nicht mal im Wohnzimmer *sein,* geschweige denn Ränder auf der Mahagonieinrichtung hinterlassen, die den weiten Weg von den Philippinen hinter sich hatte.

Ein Unheil verkündendes Geräusch war zu hören – *pffft, pffft, pffft,* es klang wie die Rotoren eines weit entfernten Hubschraubers. Das konnte nur eines bedeuten.

Die Fieslinge.

Die Fieslinge, David Serrano und Troy Rogers, kamen auf ihren BMX-Rädern um die Ecke. Sie *bezeichneten* sie als BMX-Räder, dabei waren es eigentlich ganz normale Fahrräder mit Breitreifen und Spielkarten in den Speichen, damit es *pffft, pffft, pffft* machte. Sie schwangen gangstermäßig ihre Monsterwasserpistolen.

»Oh, Pa-a-a-z.« Troy machte Kussgeräusche – *schmatz, schmatz, schmatz.*

»Versteckt euch!« Paz rannte zu Hugo und Robbie. Aber es war schon zu spät.

»Volles Rohr!«, rief David. Er zielte mit seiner Wasserpistole auf mich und drückte ab. Ein roter Strahl schoss heraus.

»Hey!« Mein weißes T-Shirt war von oben bis unten mit klebrigem rotem Saft bekleckert.

»Wie wär's mit 'ner leckeren Fanta Erdbeer?« David kicherte wie ein Bekloppter, während er Robbie und Hugo rot spritzte. Troy zielte auf Paz und brüllte: »Es gibt kein Entkommen!«

Genauso schnell, wie sie gekommen waren, verschwanden die Fieslinge auch wieder die Western Street zum Carroll Drive hinunter, wo beide wohnten. Paz, Robbie, Hugo und ich standen tropfend und klebrig da.

Lennie kam mit vier Pappbechern Limo aus dem Haus. »Die Fieslinge?« Sie reichte Paz einen Becher. »Eure Hoheit.«

»Danke.« Paz nahm den Becher und trank einen Schluck.

»Da hattest du ja gerade Glück, Lennie«, sagte ich.

»Lennie hat ein Händchen dafür, zur richtigen Zeit am richtigen Ort zu sein«, sagte Paz. »Ich wette, sie wusste, dass die Fieslinge kommen.«

Ich nahm Lennie eine Limo ab und setzte mich auf die Bordsteinkante, um das Ende des schwesterlichen Schlagabtauschs abzuwarten. Paz und Lennie stritten sich, seit ich sie kannte, und das war eine lange Zeit. Die Calderons waren von den Philippinen nach Catonsville gezogen, bevor ich in die Erste kam. Paz war von Anfang an in meiner Klasse und wir wurden sofort beste Freundinnen.

Mittlerweile waren wir in der Sechsten. Bald würde für uns die Middle School losgehen.

Lennie funkelte Paz böse an. »War ja nicht meine Idee, reinzugehen. Du hast mir befohlen, dir eine Limo zu holen. Bestimmt wolltest du mit deinem Troy-Schatzi allein sein.«

»Mir wird gleich schlecht«, sagte Paz. »Du bist doch diejenige, die auf Troy steht.«

»Hey ihr zwei, niemand hier steht auf Troy.« Ich hoffte, den Streit damit zu beenden, aber es klappte nicht.

Ich starrte in den Wald auf der anderen Straßenseite und versuchte sie zu ignorieren. Es war diese Stunde nach dem Abendessen, in der die Welt wie ein Schwarz-Weiß-Film aussieht. Das Gras färbte sich grau, die Limonade weiß und der rote Fleck auf meinem T-Shirt sah im abnehmenden Licht fast schwarz aus.

Im Wald raschelte es. Irgendetwas pirschte durch die niedrigen Bäume neben der Straße.

»Was starrst du denn so?«, fragte mich Paz.

»Ich dachte, ich hab was gesehen«, sagte ich.

Ein Zweig knackte. Ich konnte einen Arm erkennen und einen hellen Fleck, der ein Kopf hätte sein können. Der Rest wurde von den Blättern verdeckt.

Blink! Im Wald blitzte ein Licht auf.

»Hey!«, sagte Paz. »Hat uns da gerade jemand fotografiert?«

Lennie umklammerte meinen Arm. »Der Fledermausmann!«

»Krieg dich wieder ein«, sagte Paz.

»Blitzt der Fledermausmann?«, fragte ich Lennie.

»Seine Augen sind gelbgrün. Wenn er es darauf anlegt, kann er bestimmt damit blitzen.«

Lennie redete ununterbrochen vom Fledermausmann, einem Riesen, der halb Mensch, halb Fledermaus war und angeblich im Wald hauste. Er war über zwei Meter groß, hatte Schwimmhäute zwischen den Fingern und Zehen und konnte wie eine Fledermaus fliegen. Er griff Menschen und Tiere an. Manchmal rüttelte er an Fenstern und versuchte, in Häuser einzudringen.

Noch mal *Blink!* Paz hielt sich die Hand vor die Augen. »Was war das?«

Ich sprang auf. »Ich werde es rausfinden.«

»Minty, nicht!« Lennie hielt mich am Arm fest.

»Der Fledermausmann zieht Eichhörnchen bei lebendigem Leib das Fell ab!«

»Ich bin aber kein Eichhörnchen«, sagte ich. »Und ich möchte wissen, woher dieser Blitz kommt.«

Ich holte tief Luft und rannte in den Wald.

Ein flüsternder Baum

Das Wesen preschte durch die Bäume davon. Es war schnell und schwer zu erkennen, aber es war auf keinen Fall über zwei Meter groß wie der Fledermausmann. Es hatte eher meine Größe.

»Stehen bleiben!«, brüllte ich. »Komm zurück!« Das Wesen raste weiter, als sei der Axtmörder höchstpersönlich hinter ihm her. Bald verschwand es im tiefen Dunkel der Bäume. Auf halber Strecke durch den Wald musste ich stehen bleiben und verschnaufen.

Mittlerweile war es richtig finster. Zwischen den Bäumen schimmerten ein paar Glühwürmchen. Ansonsten nur Dunkelheit. Ich spitzte die Ohren. Das Wesen war verschwunden.

Da war allerdings noch ein anderes Geräusch …

ein Murmeln. Kaum zu hören zwischen dem Zirpen der Zikaden und Grillen und den Schreien der Vögel, dem Wind, der die Blätter rascheln ließ, dem Kindergeschrei und dem Verkehrsrauschen in der Ferne … ein Murmeln, das flüsternden Stimmen ähnelte.

Ich ging einen Schritt auf das Geräusch zu, dann noch einen.

Es war ganz in der Nähe.

Es wurde lauter.

Ich war ganz nah.

Ich stand vor einer hohen alten Ulme. Sie hatte ein Loch im Stamm, das größer war als mein Kopf, und als ich meine Hand auf die dicke Rinde drückte, vibrierte sie wie ein Bienenkorb voller Bienen.

Ich spähte in das Loch. Es war dunkel im Baum, aber aus der Schwärze blinkte mir etwas Weißes entgegen.

Es waren keine Bienen. Bloß dieses Stückchen Weiß. Ich griff in das Loch und zog ein mehrfach gefaltetes Blatt Papier heraus.

Wie kam ein Blatt Papier in einen Baum?

»Minty!«, rief Paz. Ihr Stimme klang weit entfernt. »Wo steckst du? Komm zurück!«

Ich stopfte das Blatt in die Tasche meiner Shorts und rannte durch den Wald zurück. Als sie mich sahen, hüpften Hugo und Robbie auf und ab und winkten. »Juhu! Der Fledermausmann hat sie nicht erwischt!«

»Alles in Ordnung mit dir?«, fragte Paz.

»Er ist mir entwischt«, sagte ich.

»Wer ist entwischt?«, fragte Lennie.

»Ich bin nicht ganz sicher, aber ich glaube, es war ein Junge«, erzählte ich ihnen. »Tut mir leid, Lennie, aber für den Fledermausmann war er nicht groß genug.«

»Braucht dir nicht leidzutun.« Lennie schüttelte den Kopf. »Ich will ja gar nicht, dass es der Fledermausmann ist. Aber vielleicht war es ja der Fledermausjunge, sein Sohn.«

»Vielleicht«, sagte ich, damit sie sich besser fühlte.

»Dieser Blitz«, sagte Paz. »Warum fotografiert er uns?«

»Er ist bestimmt ein Spion«, sagte Hugo. »Er hat uns hinterhergeschnüffelt!«

»Wo ist er hingerannt?«, fragte Lennie.

»Auf die andere Seite«, sagte ich. »Quer durch den Wald.« Den Baum, den ich unterwegs entdeckt hatte, erwähnte ich nicht. Es war, als hätte mir sein Gemurmel zugeflüstert, ihn nicht zu verraten.

»Die andere Seite …« Die versammelten Calderons blickten nervös zum Wald.

Es gab nur einen Ort auf der anderen Seite, zu dem man gehen konnte.

Das Hexenhaus.

»Das kann nicht sein«, sagte Hugo. »Da lebt doch nur die Hexenfrau. Und die frisst Kinder.«

Der Fledermausmann mochte ein Märchen sein – ich war mir nicht ganz sicher, aber ich hatte auch keinen Gegenbeweis –, doch das Hexenhaus war auf keinen Fall ein Märchen.

»Ich mag es nicht, wenn man mir hinterherspioniert«, sagte Paz. Sie hielt sich den Bauch. »Autsch.«

»Was hast du denn?«, fragte ich.

»Mir tut der Bauch weh.« Paz ließ sich auf den Rasen fallen und hielt sich die Seite. »Uuuh.«

»Hast du irgendwas Komisches gegessen?«, fragte ich.

»Nein. Alles wie immer. Aber gleich nachdem die Fieslinge weg waren – wumm. Ahh. Au …«

»Oh nein!«, rief Lennie. »Alles in Ordnung?«

»Ich hole Awa.« Hugo rannte ins Haus. Awa ist die Köchin der Calderons. Sie spricht kaum Englisch, aber sie kennt für alles irgendwelche seltsamen Kräuterheilmittel, ob es sich um Wespenstiche oder Giftefeu oder Kopfschmerzen handelt.

Ich kniete mich neben Paz, die sich mit verzerrtem Gesicht hin- und herrollte. »Das kapier ich nicht«, sagte ich. »Warum ist dir plötzlich so schlecht?«

»Ich weiß nicht …«

Awa kam, von Hugo gefolgt, herausgerannt. Sie

murmelte etwas auf Chinesisch, während sie Paz in die Augen starrte und ihr auf den Bauch drückte. Sie sagte noch etwas auf Chinesisch – die Calderon-Kinder verstanden sie irgendwie, obwohl sie kein Chinesisch konnten –, half Paz auf und führte sie ins Haus. Ich wollte ihnen hinterhergehen, doch da ertönte die Glocke; meine Eltern haben eine alte Schiffsglocke in unserem Garten aufgehängt, an der sie läuten, wenn ich nach Hause kommen soll.

»Ich hole meinen Vater«, sagte ich. »Bin gleich wieder da.«

Mein Dad ist Arzt in der Notaufnahme und meine Mutter unterrichtet Krankenpflege am College, sie sind deshalb so eine Art Nachbarschaftssanitäter.

»Schon gut«, sagte Lennie. »Awa hat alles im Griff.«

»Awa«, rief ich. Awa drehte sich um. »Soll ich meinen Dad holen?« Ich deutete auf unser Haus, wo hartnäckig die Glocke bimmelte.

Awa schüttelte den Kopf. »Nein, nein, ist gut.«

Ich sah sie fragend an. Awa wusste, was sie tat, aber ich machte mir trotzdem Sorgen um Paz. »Lennie, ruf meinen Vater an, wenn ihr ihn braucht. Versprochen?«

»Versprochen«, sagte Lennie. Awa nickte und scheuchte mich mit einer Handbewegung weg. Sie verschwanden im Haus der Calderons und ließen mich unter dem ununterbrochenen Gebimmel der Glocke allein im Vorgarten stehen. Auf dem Heimweg dachte ich über Paz und das Hexenhaus nach.

Halloween im Hexenhaus

Wir wohnen in der Woodlawn Road, einer Sackgasse mit Nullachtfünfzehn-Häusern auf der einen und Wald auf der anderen Seite. Hinter unserem Haus sind noch mehr Häuser und noch mehr Straßen wie zum Beispiel der Carroll Drive, wo die Fieslinge wohnen.

Auf der anderen Seite des Waldes stand umgeben von kahlen Feldern seit ewig langer Zeit ein einsames Farmhaus, das langsam zerfiel. Es war groß und baufällig, die Farbe blätterte ab, in den staubigen Fenstern hingen Spinnweben und im Dach fehlten mehrere Schindeln. Alle nannten es nur das Hexenhaus.

In dem Haus lebte eine verrückte Frau. Soweit wir wussten, war sie ebenso unheimlich, heruntergekommen und einsam wie ihr Haus. Letztes Jahr zu Halloween hatte Troy Rogers Paz, Lennie und mich angestiftet, bei der Hexenfrau zu klingeln und »Süßes oder Saures!« zu rufen. Wir wollten nicht, aber für den Fall, dass wir uns weigerten, drohte Troy, uns zu veräppeln, bis wir wandelnder Apfelkuchen waren.

Also ließen wir uns darauf ein. »Wir klingeln bloß, rufen ›Süßes oder Saures‹ und hauen sofort wieder ab«, sagte Lennie. »Wir warten nicht mal, bis die Tür aufgeht.«

»Da wird schon nicht viel passieren«, sagte ich.

Zu Halloween hatte ich mich in den Farben der Catonsville Nine mit einem goldenen Helm und einer schwarzen Augenmaske als meine Roller-Derby-Favoritin Lemony Trittfest verkleidet. Lennie hatte beschlossen, als Fledermaus zu gehen – für den Fall, dass wir dem Fledermausmann in dieser Nacht begegnen sollten. Sie baute darauf, dass sie ungeschoren davonkäme, wenn er sie für eine Verwandte hielt.

Paz hatte vorgehabt, als ihre Lieblingsspielerin Willa Beinhart zu gehen, änderte aber in letzter Minute ihre Meinung und verkleidete sich – ausgerechnet – als Hexe, allerdings als eine *niedliche* Hexe in einem seidigen schwarzen Kleid. Mit ihren langen schwarzen Haaren brauchte sie nicht mal eine Perücke. Sie setzte sich Lennies Plüschkatze

Marcella auf die Schulter. »Jede Hexe braucht ihre Vertraute«, erklärte sie.

Lennie hatte Marcella, seit sie ein Baby war. Sie protestierte lautstark.

»Du darfst Marcella nicht nehmen. Was ist, wenn du sie verlierst?«

»Ihr wird schon nichts passieren«, sagte Paz.

»Ich kann ohne sie nicht einschlafen«, flüsterte Lennie, vermutlich sollte ich das nicht hören.

»Ich hab doch gesagt, dass nichts passieren wird.«

»Besser wär's, denn sonst wird es dir leidtun«, drohte Lennie.

»Huuuuh, da hab ich aber Angst.«

In der Halloween-Nacht zogen wir durch die Nachbarschaft und hielten an jedem Haus von der Woodlawn Road über die Western Street bis zum Carroll Drive und zur Bailey Street. Als unsere Taschen mit Süßigkeiten gefüllt waren, brachten wir unsere Beute zum Haus der Calderons und begannen unsere Wanderung durch den Wald. Ich zog meine Rollschuhe aus, weil es zu schwierig gewesen wäre, damit durch den Wald zu laufen, und schließlich wollte ich im Notfall ja schnell flüchten können.

Die Nacht war klar und kalt. Hoch über uns schrie eine Eule. »Ich habe gehört, dass die Eule Kelly schnappen wollte«, sagte Lennie. Kelly ist das Hündchen unserer Nachbarin Mrs Gorelick, ein kurzatmiger kleiner Pekinese. »Mr Gorelick hat sie zum Glück vertrieben. Aber sie sitzt gegenüber im Wald und lauert darauf, dass Kelly wieder in den Garten kommt.«

»Sei still, Lennie«, sagte Paz. »Da kriegt man ja Gänsehaut.«

Lennies Auflachen hatte etwas Gemeines.

Es raschelte, als wir zwischen den Bäumen hindurch über das Laub auf die andere Seite des Waldes liefen. Das Hexenhaus stand groß und dunkel auf dem mondbeschienenen Feld.

»Also gut«, sagte Paz grimmig. »Dann mal los.«

Marcella wackelte auf ihrer Schulter, als wir auf die dunkle Veranda zuhuschten. In einem Fenster auf der Rückseite brannte ein vereinzeltes Licht – vermutlich in der Küche –, aus dem Schornstein stieg Rauch auf.

Es war also jemand zu Hause.

Wir schlichen langsam die drei Stufen hoch, aber sie *knarz, knarz, knarzten.* Auf der Veranda war es dunkel.

»Vermutlich rechnet sie nicht damit, dass jemand an Halloween vorbeikommt«, flüsterte ich.

»Psst!«, sagte Paz. »Wir klingeln einfach und bringen es hinter uns.«

»*Du* klingelst«, sagte Lennie.

»Lass mich.« Ich streckte die Hand nach der

Klingel aus. Genau in dem Moment, als mein Finger sie berührte … *Pflatsch!* Ein Ei klatschte gegen die Haustür und tropfte gelb vom Holz herunter.

»Die Fieslinge!«, rief Lennie.

Ich duckte mich, als knapp über meinem Kopf das nächste Ei an der Scheibe zerplatzte.

»Ha-ha! Treffer!«, jubelte David.

Paz duckte sich hinter das Verandageländer, als noch ein Ei an ihr vorbeizischte. Lennie und ich rannten in den Garten, um die Fieslinge zu verjagen.

Plötzlich ging das Verandalicht an. Die Fieslinge warfen ein letztes Ei auf das Haus und verschwanden im Wald. Lennie und ich versteckten uns hinter einem Busch.

»Paz!«, rief ich, aber sie kauerte starr vor Angst neben dem Lichtkegel auf der Veranda.

Die Haustür flog auf, eine Frau mit verfilzten Haaren kam heraus und kreischte: »Ich werde die Polizei rufen!« Sie trug einen zerschlissenen Bademantel und eine Katzenmaske über den Augen. Vielleicht machte sie sich gerade für eine Party fertig. Vielleicht feierte sie Halloween auf ihre Art. Vielleicht war sie verrückt.

Als sie die zusammengekauerte Paz auf der Veranda entdeckte, stürzte sie sich auf sie. »Du!«, fauchte sie. »Du!« Sie packte Paz und riss ihr Marcella von der Schulter. Paz schrie und rannte – als sie endlich ihre Beine wiederentdeckt hatte – von der Veranda in den Wald. Lennie und ich waren ihr schon weit voraus.

»Ihr da!«, schrie die Hexenfrau wieder. »Hol euch der Teufel, ihr Bälger!«

Wir rannten, ohne anzuhalten, durch den Wald. Auf der anderen Seite warteten schon die Fieslinge. Als sie unsere verängstigten Gesichter sahen, lachten sie.

»Ihr seid doch als Erste weggerannt«, erinnerte ich sie.

»Wir sind aber nicht gerannt, weil wir Schiss hatten«, sagte Troy. »Das haben wir so geplant.« Sie sprangen auf ihre Räder. »Wir müssen noch bei ein paar Leuten vorbei. Bis später, Mädels.«

Sie flitzten los, die Karten in ihren Speichen *pffft, pffft, pfften.*

»Hätten wir uns ja auch denken können, dass sie uns reinlegen«, sagte Paz.

»Hey.« Lennie berührte Paz' Schulter. »Wo ist Marcella?«

Paz schluckte. Lennie hatte nicht gesehen, was passiert war.

»Paz? Ist sie dir im Wald runtergefallen?«

»Lennie –«, setzte ich an.

»Wir müssen sie suchen«, sagte Lennie.

»Die Hexenfrau hat sie«, gestand Paz. »Sie hat sie mir einfach von der Schulter gerissen.«

Lennie blieb vor Schreck der Mund offen stehen. Obwohl sie normalerweise keine Heulsuse ist, kämpfte sie mit den Tränen. »Marcella …«

»Wir holen sie zurück, Lennie«, sagte ich.

»Wie? Die Hexenfrau hat sie sich geschnappt! Wer traut sich schon, dorthin zurückzugehen und sie zu holen?«

»Das ist es nicht wert«, sagte Paz. »Es ist doch nur ein Kuscheltier, Len. Du bist allmählich sowieso zu alt, um noch mit Plüschtieren zu schlafen.«

Lennie funkelte Paz mit tränennassen Augen an, ihr trotziger, wütender Blick machte mir Angst. »Dir ist es einfach egal. Ich bin dir total egal. Du bist eine schreckliche Schwester.«

»Lennie –«

Aber Lennie rannte nach Hause. Paz drehte sich zu mir. »Und? Schreist du mich jetzt auch an?«

»Du hast Marcella ja nicht absichtlich verloren«, sagte ich.

»Genau. Danke.« Paz starrte auf den Gehweg, ihre Unterlippe zitterte. Aber sie würde sich eher die Zunge abbeißen, als zuzugeben, dass sie traurig war oder Gewissensbisse hatte.

»Wie sah sie eigentlich aus?«, fragte ich. »Die Hexenfrau. Aus der Nähe, meine ich.«

»Ihre Haare waren völlig verfilzt und sie hat nach Bier gestunken«, sagte Paz. »Und genau *hier* hat ihr ein Zahn gefehlt.« Paz deutete auf ihren oberen rechten Eckzahn. »Da hatte sie ein großes Loch. Mehr konnte ich wegen der Maske kaum erkennen.«

»Dafür hat sie dich ziemlich gut gesehen.«

Paz' Lippe zuckte wieder. »Meinst du?«

»Du warst vermutlich die Einzige, die sie gesehen hat.«

»Ja.« Paz zupfte an einer Haarsträhne herum, steckte sie in den Mund und nuckelte daran. Ihre Mutter hatte versucht, ihr das abzugewöhnen, und ich hatte sie schon ewig nicht mehr dabei erwischt. »Aber sie kann mir nichts, oder? Schließlich haben nicht wir die Eier geworfen.«

»Das weiß sie ja nicht.«

»Minty, willst du mir Angst einjagen? Hör auf damit.«

Wir liefen zum Haus der Calderons. Ich holte meine Süßigkeiten und ging nach Hause.

Lennie bekam Marcella nie zurück. Keiner von uns ist seit dieser Nacht je wieder auf der anderen Seite des Waldes gewesen. Wir hatten zu viel Angst. Ich hatte so gut wie nie mehr an die Hexenfrau gedacht …

Bis zu diesem Moment.

Das erste Geheimnis

Ich überquerte die Western Street, lief am Haus der Murphys vorbei, wo Kip und Casey wohnten, und am Zuhause von Ms Wendy Graecher, die mit ihrer Katze Phoebe zusammenlebte, bis zur Villa Mortimer. So nennt Dad unser Haus, auch wenn es überhaupt keine Villa ist. Es ist ein stinknormales Haus wie alle anderen in der Woodlawn Road.

Dad saß auf der Terrasse und beobachtete die Glühwürmchen, die durch den Garten schwirrten; vor ihm stand ein beschlagenes Glas Eistee, das bestimmt einen Rand auf dem Gartentisch hinterlassen würde.

»Was gibt's Neues, Araminta?« Er beäugte meine rot bekleckerten Kleider. »Das ist hoffentlich kein Blut.«

Es war klar, dass Dad es als Witz meinte, denn wenn irgendjemand weiß, wie Blut aussieht, dann er. Als Arzt sieht er es jeden Tag literweise. Ich könnte nie Ärztin werden, denn wäre das rote Zeug auf meinem Shirt Blut gewesen, wäre mir schon längst schlecht geworden.

»Es ist Fanta Erdbeere«, erklärte ich ihm.

Durch die Fliegengittertür hörte ich Geschrei. Mom und Thea, meine große Schwester, zankten sich mal wieder. Kein Wunder, dass sich Dad in den Garten geflüchtet hatte.

»Worum geht es dieses Mal?«, fragte ich.

»Wie lange sie weggehen darf«, sagte Dad. »Thea will heute erst nach Mitternacht nach Hause kommen.«

Thea war fünfzehn. Sie hatte sich für den Sommer einen Halbtagsjob in einem Feriencamp gesucht, wo sie Kunst und Werken gab. Normalerweise musste sie um zehn zu Hause sein.

Ich setzte mich und trank einen Schluck von Dads Eistee. Er legte den Arm um mich.

»Hoffentlich werde ich später nicht wie Thea«, sagte ich.

»Bestimmt nicht«, sagte Dad. »Du bist völlig anders als sie, Minty.«

Apropos anders … »Wir haben einen komischen Blitz im Wald gesehen«, erzählte ich ihm. »Ich bin hinterhergerannt, aber ich konnte nicht erkennen, was es war. Lennie denkt, es war der Fledermausmann.«

Dad sah mich an. »Du hättest nicht hinterherrennen sollen, Minty. Du kannst nie wissen, wer es ist.«

»Wer immer es war, er ist weggelaufen. Und er war nicht sehr groß. Ich glaube, es war ein Kind.«

»Merkwürdig.« Dad kratzte sich die Bartstoppeln. Rasieren war angesagt.

»Dann hat Paz plötzlich Bauchschmerzen bekommen«, sagte ich. »Ich hab ihnen gesagt, dass sie dich anrufen sollen, wenn es nötig ist.«

»Das gibt sich bestimmt wieder.« Das sagte er immer. »Ich hab später Dienst im Krankenhaus. Sie können Paz vorbeibringen, wenn es nicht besser wird.« Dad arbeitete meist lange und zu merkwürdigen Zeiten und oft nachts.

Ich hörte Thea die Treppe herunterpoltern. Beim Knallen der Haustür drehten wir beide die Köpfe. Mom kam durch die Terrassentür, ihr Gesicht war vom Schreien gerötet.

»Wo geht sie denn hin?«, fragte Dad.

»Zu Melina, um sich über ihre schreckliche Mutter zu beklagen«, sagte Mom. Melina ist Paz' ältere Schwester und Theas beste Freundin. Normalerweise beschwert sich Thea bei ihr über *mich*. »Minty Mortimer, es ist Zeit für dein Bad.«

Ich stand auf und Dad klopfte mir auf die Schulter. Ich folgte Mom nach oben. Das Badewasser lief schon.

In meinem Zimmer zog ich mein bekleckertes T-Shirt und die Shorts aus. Bevor ich beides in den Wäschekorb warf, leerte ich meine Hosentaschen und fand das Blatt aus dem Baum im Wald. Das laufende Badewasser klang fast wie das Murmeln. Ich spürte einen leichten Wind durch mein Zimmer wehen, vielleicht bildete ich es mir aber auch nur ein. Ich bekam Gänsehaut.

Ich faltete das Blatt auf und las, was daraufstand.

Mein Goldfisch ist der Einzige, der mich liebt.

Die Geschichte von Crazy Ike

Ich lag in der Wanne und überlegte, wer wohl den Zettel geschrieben hatte, das Badewasser wurde immer kälter. Vielleicht hatte ihn das geheimnisvolle blitzende Wesen im Baum zurückgelassen. Immerhin hatte es sich in diesem Teil des Waldes herumgetrieben, als ich es beim Herumschnüffeln erwischt hatte.

Ich sagte es laut: »Mein Goldfisch ist der Einzige, der mich liebt.« In meinem Zimmer drehte mein eigener Goldfisch, Zuzu, im Glas auf der Kommode ruhelos seine Runden. Jedes Kind in der Nachbarschaft hatte einen Goldfisch. Mr Jack, der neben Troy wohnte, besaß eine Zoohandlung und zum Geburtstag schenkte er jedem Kind einen Goldfisch.

Die Nachricht konnte also von jedem hier stammen. Aber wer war so schrecklich einsam?

Die Calderons waren eine so große Familie, dass ich mir nicht vorstellen konnte, wie sich einer von ihnen ungeliebt fühlen sollte. Thea hatte Melina und ich hatte Paz. Selbst Hugo und Robbie hatten einander und Lennie hatte Paz und mich.

Ich konnte mir auch nicht vorstellen, dass einer der Fieslinge einen solchen Zettel schreiben würde. Stammte er vielleicht von einem Erwachsenen? Wendy Graecher im Nachbarhaus lebte allein und hatte ständig miese Verabredungen mit Männern, die sie im Internet kennenlernte. Sie hatte einen Goldfisch, aber sie hatte auch ihre Katze, Phoebe, und ich wusste, dass Phoebe sie liebte.

Vielleicht war das auf dem Zettel ein Geheimcode oder eine Botschaft. Vielleicht war das Loch im Baum eine Übergabestelle für Spione? Dann wäre das geheimnisvolle Wesen tatsächlich ein Spion und hinterließ im Baum verschlüsselte geheime Botschaften für seinen Kontaktmann, der sie dann mitten in der Nacht abholte. Für wen könnte er arbeiten? Für die Regierung? Einen Spionagedienst? Außerirdische?

Aber warum bespitzelte er *uns*? Wir liefen doch nur Rollschuh und spielten Kickball. Wieso sollte sich eine ausländische Regierung dafür interessieren? Oder Außerirdische.

Dann fielen mir Mr und Mrs Calderon ein. Sie arbeiteten in Washington, DC, für die philippinische Botschaft.

Vielleicht wollte jemand Geheiminformationen über die Philippinen. Vielleicht plante er auch die Entführung der Calderon-Kinder! Und würde dann im Austausch für ihre Freilassung geheime Infos fordern!

Ich hielt es keine Minute länger im Wasser aus. Ich stieg aus der Wanne und zog meinen Sommerschlafanzug an. In meinem Zimmer versteckte ich die geheime Botschaft in meiner Spezialschatztruhe, wo schon eine Haarlocke von mir als Baby lag, das Ticket meines ersten Spiels der Baltimore Orioles, ein Programm des ersten Catonsville-Nine-Wettkampfs, zu dem ich nie gegangen war, ein Autogramm von Lemony Trittfest, Paz' gesammelte Schulbilder von der Ersten bis zur Fünften und ein kaputter türkisfarbener Ring, den mir Paz mal geschenkt hatte. Der Zettel war nicht unbedingt ein Schatz, aber er schien mir wichtig, wie etwas, das ich sicher verwahren sollte. Vielleicht brauchte ich ihn eines Tages.

Ich legte mich ins Bett und versuchte zu lesen. Aber ich war unruhig – Gedanken über Geheimnisse und Spione schwirrten mir durch den Kopf. Es klopfte an meiner Tür. »Herein.«

Es war Dad. »Ich wollte dir noch Gute Nacht

sagen, bevor ich losmuss.« Er setzte sich auf mein Bett. Er roch gut, frisch rasiert.

»Dad, glaubst du, diese Person im Wald hat uns ausspioniert?«, fragte ich.

»Spione? Hier bei uns? Kann ich mir nicht vorstellen. Vielleicht war es Crazy Ike.« Dad machte eine unheimliches Gesicht. Mit einem glücklichen Schauder kroch ich noch tiefer unter meine Decke. Er erzählte für sein Leben gern die Geschichte vom verrückten Ike. Dad war nicht weit von unserem jetzigen Zuhause aufgewachsen und hatte als Kind selbst immer Geschichten über ihn gehört.

»Wer ist Crazy Ike?«, fragte ich, als würde ich die Geschichte nicht in- und auswendig kennen.

»Wer Crazy Ike ist?«, wiederholte Dad. »Wie kannst du so was fragen. Ike war ein Junge, der vor langer Zeit auf einer Farm auf der anderen Seite des Waldes gelebt hat – dort drüben.« Dad deutete mit dem Daumen auf den Wald auf der anderen Straßenseite. »Er lebte in dem Haus, das heute das Hexenhaus genannt wird.«

»Echt?«, fragte ich.

»Das ist eine feststehende historische Tatsache«, sagte Dad. »Damals war das ein Farmhaus. Sie hatten Hühner und pflanzten Mais auf den Feldern an. Ike war immer schon ein bisschen verrückt gewesen. Er versuchte, beim Pflügen im Stehen auf dem Pferd zu reiten, was allerdings nie so recht klappte. Man erzählt sich, er habe, seit er fünf war, eine Maiskolbenpfeife geraucht.«

»Das ist aber ganz schön früh, um mit dem Rauchen anzufangen«, sagte ich und spielte mit.

»Jedes Alter ist zu früh, um mit dem Rauchen anzufangen«, sagte Dad. »Lass dir das von einem Arzt gesagt sein. Aber wie dem auch sei, Ike dachte sich jede Menge Geschichten aus. Manche bezeichneten sie auch als Lügen.«

»Was denn zum Beispiel?«

»Einmal hat er behauptet, ein Bär sei in die Küche gekommen und habe die ganze Hackfleischpastete aufgefressen – dabei war sein eigenes Gesicht mit Pastetenkrümeln verschmiert. Und einmal hat er erklärt, er könne den Hühnerstall nicht sauber machen, weil dort ein Ungeheuer lauere.«

»Und war wirklich ein Ungeheuer im Hühnerstall?«, fragte ich.

»Was glaubst du?« Dad lachte. »Und das ist noch nicht alles. Als Asche aus seiner Pfeife einen Heuhaufen in Brand setzte, schob er es auf einen Feuer speienden Drachen. Und als seine Lehrerin ihn bestrafte, weil er in der Schule Widerworte gegeben hatte, sagte er, er könne nichts dafür – sein Körper sei von einem Geist besessen gewesen, der ihn gezwungen habe, ihr freche Antworten zu geben. Seine Mutter und sein Vater wussten nie, ob sie ihm glauben konnten.«

»Oh, oh.« Ich wusste, was jetzt kam.

»Eines Tages behauptete Ike, von einer Fledermaus gebissen worden zu sein. Seine Eltern hielten es für eine seiner Flunkereien. Aber Ike wurde immer verrückter. Er bekam wegen Nichtigkeiten Tobsuchtsanfälle. Er warf vom Heuboden aus Mistgabeln nach Menschen. Manchmal hatte er Schaum vor dem Mund. Schließlich holte sein Vater den Arzt. Und der Arzt stellte fest –«

»– dass Ike Tollwut hatte.«

»Genau. Damals war Tollwut unheilbar. Es gibt auch jetzt noch kein Mittel dagegen, aber wenn man rechtzeitig geimpft wird, passiert einem nichts.«

»Gab es den Impfstoff damals schon?«, fragte ich.

»Es gab ihn, aber man kam nur schwer an ihn heran«, sagte Dad. »Zumindest als armer Farmersjunge.«

»Und was ist dann mit Ike passiert?«

»Er wurde verrückt und starb schon mit zwölf. Man sagt, dass er bis heute auf dem Grundstück begraben liegt und sein Grab nur durch einen Stein markiert ist.«

»Armer Ike.«

»Ja, wirklich. Armer verrückter Ike. Manche behaupten, er habe sich aus dem Grab erhoben und sei der Fledermausmann geworden: halb Mensch, halb Fledermaus. Ein Ungeheuer, das in einer Höhle im Wald haust –«

»Paul, erzähl ihr doch nicht solche Schauergeschichten.« Mom stand in der Türöffnung und hörte zu.

»Lennie redet ständig vom Fledermausmann«, sagte ich. »Ich bin es gewohnt.«

»Ich will aber nicht, dass du Albträume vom Fledermausmann oder von Crazy Ike hast«, sagte Mom.

»Oder von internationalen Spionen«, fügte ich hinzu.

»Oder von irgendwas anderem«, beendete sie die Diskussion.

Dad gab mir einen Kuss. »Gute Nacht, Minty. Wir sehen uns morgen.«

Mom gab mir auch einen Kuss. »Gute Nacht, Süße. Lies nicht mehr so lang.«

»Mach ich nicht«, log ich. Es war Sommer. Ich betrachtete es als meine Pflicht, so lange wie möglich wach zu bleiben.

Als ich schließlich einschlief, träumte ich weder vom Fledermausmann oder von Crazy Ike noch von internationalen Spionen.

Ich träumte von einem Goldfisch, der mutterseelenallein in einem Glas herumschwamm.

Ein Diebstahl auf der Rollschuhbahn

Am nächsten Tag war mein Leben um ein Geheimnis reicher als am Vortag. Ich schaute mir die Menschen, die ich jeden Tag sah, mit anderen Augen an und fragte mich, ob sie sich nur von ihrem Goldfisch geliebt fühlten. Oder ob sie nicht vielleicht internationale Spione waren.

Da es regnete, gingen Thea und Melina mit Paz, Lennie, Hugo, Robbie und mir zur Rollschuhbahn in Oella. Paz sah ein bisschen blass aus, aber ihr Magen hatte sich wieder beruhigt.

»Hast du rausbekommen, warum er so wehgetan hat?«, fragte ich.

Paz schüttelte bloß den Kopf.

Wir tauschten unsere Turnschuhe gegen Rollschuhe. Statt uns welche zu leihen, brachten wir immer unsere eigenen mit. Da wir so oft hierhergingen, hatten wir Mitgliedschaftsausweise mit Fotos und so. Wir versteckten die Ausweise in unseren Turnschuhen und stellten sie unter eine Bank.

Thea und Melina halfen Robbie und Hugo beim Anziehen der Rollschuhe. »Die Carters haben mich gefragt, ob ich wieder auf ihre Kinder aufpasse«, erzählte Thea Melina. »Es ist gutes Geld. Außerdem sind die Kinder goldig. Nicht wie dieser Albtraum Troy Rogers.« Sie schauderte. »Auf den pass ich nie wieder auf. Nicht nach dem, was letztes Mal passiert ist.«

Beim letzten Mal hatte Troy seinen Kater Satan dressiert, sich auf einem Brett in der Speisekammer zu verstecken und jeden anzuspringen, der die Tür öffnete. Jedes Mal, wenn Thea etwas zu essen holte – Troy verlangte ununterbrochen nach Nachos –, sprang ihr Satan auf den Kopf. Als sie nach Hause kam, waren ihre Schultern völlig zerkratzt.

»Ich brauche auch Geld«, sagte Melina. »Wenn ich dafür bezahlt werde, habe ich nichts gegen Babysitting, aber ich mache lieber Aufsicht im Schwimmbad. Zu Hause bin ich ja sowieso ständig der Babysitter. Und das auch noch gratis.« Sie deutete mit einem Kopfnicken auf ihre jüngeren Geschwister, die wie Orgelpfeifen auf der Bank saßen.

»Hey«, sagte Paz. »Ich pass auch oft auf sie auf.«

»Und ich weiß, warum du wirklich im Schwimmbad arbeiten möchtest«, sagte Lennie zu Melina. »Wegen Kip Murphy.«

Kip Murphy war sechzehn und Bademeister im Rollingwood-Schwimmbad. Er war ständig von Mädchen umgeben, die ihn von seiner lebensrettenden Arbeit abhielten.

Melina lief rot an. »Das stimmt nicht. Es geht mir um Wassersicherheit, Fitness und Lebensrettung.«

»Pffft«, spottete Lennie.

»Robbie, hör auf zu treten«, sagte Thea.

»Ist ja auch egal, ich meinte, dass ich auf *dich* aufpassen muss«, sagte Melina.

»Du brauchst nicht mehr auf mich aufzupassen«, sagte Paz. »Ich bin jetzt in der Middle School.«

»Erst im September«, sagte Melina. »Und wennschon.«

»Du bist erst dann kein Baby mehr, wenn du die Mittelstufe *überlebt* hast«, sagte Thea. »Und zwar mindestens ein Jahr lang.«

»Wart ab, bis du dort bist«, warnte Melina. »Dort treiben sich Schläger auf den Gängen rum und verdreschen die Kleineren mit ihren Rucksäcken –«

»– und lassen die BH-Träger der Mädchen schnalzen«, fügte Thea hinzu. »Falls man einen trägt.« Sie musterte mich mit einem Seitenblick.

»Ich bin zufrieden, wie ich bin.« Aber aus irgendeinem Grund lagen meine Arme am Ende trotzdem verschränkt vor meiner Brust. Ich brauchte noch keinen BH. Ich hatte auch überhaupt keine Eile damit. Paz besaß schon drei Trainings-BHs in Neonfarben.

»An der Middle School wird alles anders«, sagte Thea. »Mädchen, die du für deine Freundinnen gehalten hast, sind plötzlich fies zu dir –«

»Alle zicken sich an«, sagte Melina.

»– und dann musst du neue Freunde finden.«

»Und was ist mit euch beiden?«, fragte Paz. »Ihr seid doch immer noch Freundinnen.«

»Wir sind die Ausnahme«, sagte Melina. »Wir sind für immer beste Freundinnen.« Sie streckte den Arm über Hugo und klatschte Thea ab.

»Nimm deine Hand aus meinem Gesicht«, brummte Hugo.

»Selbst wenn du deine beste Freundin behältst«, sagte Thea, »ändert sich alles. Deine Welt wird wie bei einem Erdbeben durchgerüttelt.«

Mr Gorelick fing an, »Shake Your Booty« auf seiner Wurlitzer-Kinoorgel zu spielen. Ich nahm Paz an der Hand und zog sie auf die Bahn. »Komm, Pax A. Punch – das ist unser Lied.«

Unser Nachbar, Mr Gorelick, war der Hausorganist der Rollschuhbahn in Oella. An manchen Nachmittagen und bei den Roller-Derby-Wettkämpfen spielte er alte Discotitel. Ich war damit aufgewachsen, dass diese alten Siebzigerjahre-

Songs aus seinem Haus schallten, wenn er übte. (Sein anderes Hobby bestand darin, seinen *Model A Ford Roadster Oldtimer* von 1929, den er Old Donna getauft hatte, auf Hochglanz zu polieren.)

»Hallo, Mädels!« Mr Gorelick winkte uns zu, als wir an ihm vorbeifuhren. »Immer feste drauf!«

Nachdem wir uns eine Runde warm gelaufen hatten, übten Paz und ich ein weiteres Kunststück für die Parade am Unabhängigkeitstag: den Tunnel. Bisher hatte es erst einmal geklappt. Paz lief vor mir und streckte die Arme zwischen ihren Beinen durch, um meine Hände zu packen. Dann ging ich in die Knie und sie zog mich zwischen ihren Beinen durch, bis ich vor ihr stand. Anschließend streckte ich die Arme nach hinten und zog sie durch meine Beine.

»Versuch, dieses Mal nicht den Boden mit deinem Hintern zu polieren«, wies mich Paz an.

»Ich *versuche* nicht, den Boden mit meinem Hintern zu polieren«, sagte ich.

Sie lief vor mich und streckte die Arme zwischen ihren Beinen nach meinen Händen aus. Ich packte sie. Den Teil schaffte ich immer. Erst der nächste Teil brachte mich regelmäßig zum Stolpern.

Ich plumpste auf den Boden, der nun ein bisschen mehr glänzte, als er es vor einer Sekunde getan hatte.

»Ihr zwei seid echt super«, höhnte Lennie, als

sie an uns vorbeiflitzte. »Minty Fresh und Pax A. Punch, los, los, los!«

»Die schnappen wir uns«, brummte Paz. Wir jagten hinter Lennie her, in unserer Vorstellung waren wir die fiesesten Roller-Derby-Läuferinnen. Ich schlug Lennie im Vorbeifahren auf den Rücken.

»Ein Punkt für Minty Fresh!« Ich warf die Arme hoch und drehte mich Beifall heischend zu Paz um. Doch die war nicht zu sehen.

Sie war an den Rand gefahren, um mit drei Mädchen zu reden: Isabelle Barton, Katie Park und Lydia Kendall. Sie gingen schon in die Siebte und trugen alle die gleichen silbernen Haarspangen, jeweils drei. Jede Spange symbolisierte ein Mädchen. Drei Mädchen mit jeweils drei Spangen. Es war wie der Code eines Geheimclubs.

Ich rollte auf sie zu. »Ein Punkt für Minty Fresh!«

Paz schaute mich nicht an. Sie sagte auch kein Wort. Es kam mir vor, als passierte alles in Zeitlupe. Eine seltsam lang gezogene Sekunde.

Mich überlief es kalt.

Etwas war anders. Ich spürte es.

Als die längste Sekunde in der Geschichte der Zeit endlich vorüber war, drehte Paz den Kopf und zwinkerte mir zu. Die alte Paz. Und doch wieder nicht. Pax A. Punch war verschwunden.

»Wir sind nur hergekommen, weil man bei dem

Regen sonst nichts machen kann«, erklärte Isabelle gerade.

»Der Schuppen ist so was von abgeranzt«, fügte Lydia hinzu. »Ich fass es nicht, dass der alte Knacker immer noch auf dieser bescheuerten Orgel rumklimpert. Warum holen die sich keinen DJ?«

»Hier drinnen mieft es nach Stinkesocken.« Katie verzog die Nase.

Diese Mädchen waren zu cool für Goldfische. Wahrscheinlich hatten sie ihre schon vor langer Zeit entsorgt.

»Na ja, da wir schon mal hier sind, können wir eigentlich auch Rollschuh laufen.« Isabelle ließ sich auf die Bahn gleiten und führte eine perfekte Eiskunstlaufpirouette vor. Es war nicht die Art Drehung, die ein Roller-Derby-Mädchen machen würde. Es war die Art Pirouette, über die ein Roller-Derby-Mädchen Witze riss.

»Ooh«, sagten Katie und Lydia.

»Ah«, seufzte Paz.

Ich hielt den Mund.

Die Pax A. Punch, die ich kannte, wäre wegen einer Tussi-Pirouette nicht in Oohs und Aahs ausgebrochen.

»Ist gar nicht schwer«, sagte Isabelle. »Ich kann's euch beibringen.«

Paz, Katie und Lydia stellten sich im Kreis um sie herum. Ich versuchte, mich dazwischenzuquetschen, aber irgendwie war kein Platz mehr für mich.

»Ich geh mir einen Slush holen«, sagte ich frustriert. Das ist zerstoßenes Eis mit Sirup. »Willst du auch einen, Paz?«

Paz gab keine Antwort. Isabelle zeigte ihr gerade, wie man sich für eine Pirouette zurückbeugen musste.

Ich lief allein zur Snackbar und bestellte mir einen Mint-Slush. Mint-Geschmack mag ich am liebsten, nicht nur, weil es zu meinem Namen passt. Anschließend setzte ich mich auf die Tribüne, um ihn zu schlürfen. Theas Tasche stand offen, also bückte ich mich, um den Reißverschluss zuzuziehen.

»Hey!« Thea kam an den Rand gefahren. Sie weiß immer ganz genau, wo ihre Sachen sind und wer sie gerade in der Hand hat. »Hör auf, meine Sachen anzutatschen, Minty!«

»Ich tatsche sie nicht an«, sagte ich. »Ich hab den Reißverschluss zugezogen.«

»Lass einfach die Finger davon.« Sie drehte sich zu Melina und sagte: »Ich hasse es, wenn sie das macht. Muss Paz auch ständig deine Sachen anfassen?«

Melina nickte und lachte, als sie gemeinsam weiterliefen und in Selbstmitleid darüber zerflossen, wie schrecklich es war, kleine Schwestern zu haben. Es schien ein wichtiger Teil ihrer Freundschaft zu sein – über Paz und mich zu jammern.

Isabelle führte gerade ein Spiel an, bei dem sich alle an den Händen halten und versuchen müssen, der Anführerin zu folgen, auch wenn die ständig die Richtung wechselt. Sie und ihre Freundinnen waren groß und Paz war fast genauso groß. Ich kam mir neben ihnen richtig mickrig vor.

Ich schlürfte meinen Slush schnell runter – zu schnell, die Kälte verursachte mir Kopfschmerzen – und lief wieder auf die Bahn. Mr Gorelick spielte gerade »Get Down Tonight«, die Discokugel blitzte in den unterschiedlichsten Farben.

Ich fuhr schnell, um mich an die Schlange dranzuhängen, und packte Paz, die als Letzte fuhr. Wir rollten von Isabelle geführt in Schlangenlinien um das Oval. Plötzlich zerriss die Schlange und ich landete im hohen Bogen in der Bande. Und polierte mal wieder mit meinem Hintern den Boden. Alle lachten, auch ich. Ich stand auf und klopfte mich ab, dann versuchte ich, mich wieder an die Schlange zu hängen, als sie das nächste Mal an mir vorbeisauste.

David und Troy zischten vorbei und kamen Isabelle zu nah. »Hey!«, schnauzte sie die beiden an. »Ihr hättet mich fast über den Haufen gefahren!«

Die Fieslinge lachten und gaben obszöne Geräusche von sich. Sie streckten den Hintern raus und machten sich darüber lustig, wie wir Rollschuh liefen.

Die Schlange bewegte sich im Zickzack über die Bahn, alle Mädchen hielten sich an den feuchten Händen. Ich lief schnell, um das Ende zu erwischen, doch bevor ich zufassen konnte, kamen die Fieslinge schon wieder angerast. Troy duckte sich unter Isabelles Arm durch. Sie strauchelte, schwankte und ließ Lydia los, die hinter ihr lief. Lydia knallte gegen Katie, die in Lennie klatschte, die wiederum auf Paz plumpste. Die Schlange ging in einer Kettenreaktion zu Boden.

»Schon mal auf Rollschuhen gestanden?«, kicherte David.

Isabelle rieb sich das Knie. »Ich hasse die Fieslinge«, brummte Paz.

»Das Leben wäre so viel schöner ohne sie«, fügte Lennie hinzu.

»Keine Sorge«, sagte Isabelle. »In der Sechsten wird ihnen das Lachen schon vergehen.«

Melina winkte uns von der Tribüne aus zu. »Wir müssen nach Hause«, sagte Lennie.

Ich half Paz aufzustehen und wir liefen zur Bank zurück. »Tschüs, Paz«, sagte Isabelle. »Wir sehen uns im Schwimmbad.«

»Sobald die Sonne scheint«, versprach Paz.

Wir saßen auf der Bank. Paz schien meinem

Blick auszuweichen. Wir schnürten schweigend unsere Rollschuhe auf.

Paz zog ihre Turnschuhe unter der Bank hervor und fasste in den einen, dann den anderen. Dann wieder in den ersten. Und wieder in den zweiten.

»Wo ist mein Ausweis?«, fragte sie. Sie tastete ihre Schuhe noch einmal ab. Danach ging sie in die Hocke und suchte unter der Bank. Ich sah ebenfalls nach und fand meinen in meinem rechten Turnschuh, genau dort, wo ich ihn hingesteckt hatte.

»Er ist weg«, stellte Paz fest. »Jemand hat meinen Ausweis gestohlen!«

»Wer sollte das tun?«, fragte ich.

»Vielleicht irgendein Irrer«, sagte Lennie. »Wie der Fledermausmann.«

Paz zog ein finsteres Gesicht. »Genau das wird es sein.«

»Was ist der Unterschied zwischen dem Fledermausmann und Batman?«, fragte Hugo.

»Wen interessiert das?«, sagte Paz. »Hilf mir lieber, meinen Ausweis zu finden!«

»Batman ist ein Superheld. Er hilft anderen«, sagte Lennie. »Der Fledermausmann ist ein Ungeheuer. Genau wie Bigfoot oder der Mothman oder, ich weiß nicht, die Hexenfrau. Er ist gefährlich.«

Paz suchte die gesamte Rollschuhbahn ab. Sie sah bei den Fundsachen nach. Aber sie konnte ihren Ausweis nicht finden. Sie meldete den Verlust und bekam von dem Geschäftsführer einen Ersatzausweis.

»Warum regst du dich so auf? Du hast deinen Ausweis verloren«, sagte Lennie auf dem Heimweg. »Jetzt kriegst du halt einen neuen.«

»Darum geht es nicht«, sagte Paz. »Es geht darum, dass jemand ihn gestohlen hat. Und die Frage ist: Warum?«

»Du machst immer aus jeder Mücke einen Elefanten«, sagte Lennie. »Hör auf, so ein Affentheater zu veranstalten.«

»Wenn dir etwas gestohlen worden wäre, würdest du auch Zeter und Mordio schreien«, rieb ihr Paz unter die Nase.

Paz und Lennie zickten sich den ganzen Heimweg an. Ich lief hinter ihnen her, dachte an den gestohlenen Ausweis und fragte mich, ob das was mit den merkwürdigen Ereignissen der letzten Tage zu tun hatte.

Damals wusste ich es noch nicht, aber es hatte tatsächlich damit zu tun.

Ein Herumtreiber

Am nächsten Tag war es schwül und heiß. Ich trat die Fliegengittertür mit dem Fuß auf und setzte mich auf die Verandatreppe. Das Zirpen der Zikaden machte den heißen Tag noch heißer. Ich lutschte ein Orangenwassereis und versuchte es aufzuessen, bevor es zerschmolz. Es tropfte auf die Backsteintreppe. In Sekundenschnelle kam eine Reihe Ameisen aus einem Spalt gekrabbelt und umringte den klebrigen orangefarbenen Tropfen.

Es war schon Ende Juni. Am Anfang der Ferien hatte ich das Gefühl gehabt, der Sommer läge endlos vor mir, und nun war der erste Monat schon fast vorbei.

Es ist komisch, wie langsam die Zeit am Anfang des Sommers vergeht. Mir fielen kleine Sommerdinge auf, die ich während des Winters fast vergessen hatte, zum Beispiel, dass die aufsteigende Hitze auf dem schwarzen Asphalt der Auffahrt wie Öl aussieht, dass Mückenstiche auf den Handknöcheln am schlimmsten jucken und dass Ameisen grundsätzlich in schnurgerader Linie über den Gehweg marschieren. Und wie gut Orangenwassereis in der Sonne schmeckt.

Orangenwassereis. Orangefarbene Goldfische.

Komisch, dass ich in dem Wald, den ich schon mein ganzes Leben lang kannte, plötzlich einen Baum entdeckte, der mir vorher noch nie aufgefallen war – einen Baum mit einer merkwürdigen Nachricht im Inneren, die mich dazu brachte, über die Menschen in meiner Umgebung nachzudenken, und darüber, wer sich geliebt fühlte und wer nicht. Ein plötzliches Klirren in der Garage riss mich aus meinen Gedanken. Ich richtete mich auf und dachte an Einbrecher. Eindringlinge. Den Fledermausmann.

Die Garagentür stand weit offen. Es klirrte noch einmal. Da war jemand.

»Thea?«, rief ich. Vielleicht polterte Thea absichtlich in der Garage herum. Es sah ihr zwar nicht ähnlich, aber es waren schon seltsamere Dinge geschehen. »Mom?«

Keine Antwort. Danach klirrte es nicht mehr. Aber ich wusste, dass ich etwas gehört hatte.

Ich schlich zur Garage. Was, wenn es ein Dieb war? Was, wenn jemand versuchte, mein Fahrrad zu stehlen?

Was, wenn der Fledermausmann dort lauerte?

Ich ging auf Zehenspitzen zur Garage und flüsterte: »Es gibt keinen Fledermausmann. Es gibt keinen Fledermausmann …« Zum Teufel mit Lennie Calderon.

Ich blieb stehen. Es klang, als würde jemand in Papier und Pappe herumwühlen. Ich beugte mich vor und spähte in die dunkle Garage.

Ein Junge kramte auf Knien in einer Kiste mit Sachen herum, die Mom aussortiert hatte. Er schaute mit großen Waschbäraugen zu mir hoch. Sein Kopf war fast kahl geschoren und er trug wie ein Soldat grüne Tarnklamotten. Um seinen Hals hing ein klobiges schwarzes Plastikdings.

»Wer bist du?«, fragte ich. »Was machst du da?«

»Aah!«, schrie er. Er sprang auf und stürmte, bevor ich etwas unternehmen konnte, nach einem schnellen Karatetritt in die Luft aus der Garage. Er rannte schnurstracks auf den Wald zu.

»Bleib stehen! Bleib stehen!« Ich jagte hinter ihm her. Er war ein superschneller Läufer und durch die Tarnkleider war er zwischen den Bäumen kaum zu erkennen. Ich dachte schon, ich hätte ihn verloren, doch dann tauchte er in einem Sonnenfleck ein ganzes Stück vor mir wieder auf.

Ich war sicher, dass ich ihn noch nie zuvor gesehen hatte.

Als er fast durch den Wald hindurch war, blieb der Junge stehen. Er drehte sich schwer atmend um. Ich duckte mich hinter einen Baum und hoffte, er würde denken, dass ich die Verfolgung aufgegeben hätte. Ich wollte sehen, wo er hinging.

Er holte Luft und blickte sich vorsichtig um. Ich rührte mich nicht. Schließlich schien er überzeugt, dass die Luft rein war, und lief den Rest des Weges durch den Wald. Ich schlich so leise ich konnte hinter ihm her.

Auf der anderen Seite trat er aus den Bäumen in die grelle Sonne. Ich blieb ungläubig am Waldrand stehen.

Hier sah es völlig anders aus. Das Hexenhaus stand zwar noch immer da. Doch alles ringsum war völlig verändert.

Die Felder um das Hexenhaus waren planiert und in Parzellen aufgeteilt, auf jeder stand ein halb fertiges, funkelnagelneues Haus. Die Mauern waren mit Plastikfolie umwickelt, auf die das Wort TYVEK gedruckt war, die Häuser hatten noch keine Dächer, Türen oder Böden. In den matschigen Gärten lag Stroh herum und hier und da sprossen ein paar junge Grashalme. Am Eingang der Siedlung stand vor dem einzigen fertigen Haus ein Schild mit der Aufschrift MUSTERHAUS.

Auf der anderen Seite des Waldes wurde eine völlig neue Siedlung gebaut. Aber warum sah sie so trostlos und verlassen aus? Wo waren die Bauarbeiter?

Ich beobachtete den Jungen vom Wald aus. Er ging auf das Hexenhaus zu und versuchte die Haustür zu öffnen. Ich hätte am liebsten *Geh da nicht rein!* geschrien, aber der Junge schien keine Angst zu haben. Er rüttelte noch einmal am Türknauf. Die Tür war abgeschlossen. Die Hexenfrau war nirgends zu sehen.

Der Junge setzte sich auf die Veranda und zog etwas Kleines und Flaches aus der Hosentasche – ein Blatt Papier? Er betrachtete es eine Weile.

Dong, dong, dong … Die alte Schiffsglocke war durch den ganzen Wald zu hören. Mom bimmelte nach mir. Sie würde mir den Hals umdrehen, wenn ich nicht auf der Stelle nach Hause kam.

Ich gab meinen Spähposten nur ungern auf und lief durch den Wald nach Hause. Auf halbem Weg spürte ich ein schwaches Vibrieren und hörte das Murmeln wieder. Ich blieb stehen. Das war er, der dicke alte Baum mit dem Loch im Stamm. Stimmen schwebten im Wind und flüsterten Worte, die ich nicht verstand.

Als ich in das Loch griff, spürte ich etwas. Noch ein Zettel! Ich faltete das Blatt auf und las.

Ich bin so dum. Ich glaub, mit mainem kopf stimmt was nicht. Aber ich will nicht, das jemant dafon erfährt, sonst bleib ich sitsen.

Moms Glocke bimmelte immer weiter *Komm nach Hause, komm nach Hause.* Ich warf den Zettel wieder in den Baum, denn irgendwie erschien es mir unrecht, ein zweites Geheimnis aufzubewahren. Aber ich dachte den ganzen Heimweg darüber nach.

Eine Menge Kinder, die ich kannte, waren schlecht in Rechtschreibung – unter anderem die beiden Fieslinge. Und sie machten ständig dummes Zeug. Wenn sie doch bloß sitzenbleiben würden, dann bräuchte ich sie nicht so oft in der Schule zu sehen!

Hugo Calderon war auch nicht gerade ein Rechtschreibgenie, aber er war nicht dumm. Und er war erst acht – es dauerte eine Weile, bis man richtig schreiben konnte. Ich habe Mom einmal sagen hören, Kip Murphys kleine Schwester Casey sei Legasthenikerin – das war auch eine Möglichkeit. Dann gab es noch einen Jungen names Mike aus der Bailey Street, der schon die Erste wiederholt hatte und jetzt in der Vierten war.

Als ich aus dem Wald trat, kamen Otis und Esmeralda die Straße heruntergeklappert. »Eeeeeeerd ...beeeerenzuveeerkaufen! Eeeeeerd ...beeeerenzuveeerkaufen!!«, rief Otis. Er saß im Schatten eines Sonnenschirms auf seinem Karren, den seine Stute Esmeralda zog. Die beiden trabten alle paar Tage durchs Viertel und verkauften Erdbeeren oder Mais oder anderes Obst und Gemüse. Wenn Otis nichts zu verkaufen hatte, schärfte er Messer. Mom und Dad sagten, er sei aus einem anderen Jahrhundert, der Letzte seiner Art. Er winkte mir zu, als ich über die Straße lief.

Wendy kam mit ihrer Katze Phoebe auf den Fersen aus dem Haus gerannt und rief: »Otis! Otis, halt!«

»Brrr.« Otis zog an den Zügeln, und Esmeralda blieb vor Wendys Haus stehen.

»Du bist früh dran«, sagte Wendy. Das stimmte. Otis kam normalerweise am späten Nachmittag oder frühen Abend und jetzt war es gerade mal Mittagessenszeit.

Mom stand winkend auf der Treppe vor unserem Haus. »Hi, Wendy! Hi, Otis!« Dann stemmte sie die Hände in die Hüften und sagte in weniger freundlichem Ton: »Minty Mortimer, ich möchte nicht, dass du allein im Wald herumläufst. Da kann alles Mögliche passieren.«

»Aber dieser Junge –«, setzte ich an, redete jedoch nicht weiter, weil mir einfiel, dass Dad nicht wollte, dass ich fremden Jungs in den Wald hinterherrannte. Und ich hatte es trotzdem getan. Zweimal.

»Welcher Junge?«

»Nichts. Tut mir leid«, sagte ich. »Ich pass schon auf.«

»Das Mittagessen ist fast fertig. Hol uns zwei Pfund Erdbeeren von Otis.« Sie gab mir fünf Dollar.

»Okay.« Ich lief über den Rasen zu Wendy. Sie ging gerade mit einer Schale Erdbeeren in der Hand zurück ins Haus.

»Seh ich dich nächste Woche bei der Parade, Minty?«, fragte sie. Phoebe rieb schnurrend ihr weißes Fell an meinen Beinen.

»Ja«, sagte ich. »Paz und ich führen ein paar Roller-Derby-Figuren vor.«

»Ich hatte überlegt, Phoebes Fell rot, weiß und blau zu färben und sie auf einem Wagen hinterherzuziehen.«

Otis schüttelte den Kopf. »Tu ihr das nicht an, Wendy. Katzen werden leicht verlegen.«

Wendy lief rot an. Sie wurde auch leicht verlegen. »Du hast Recht, Otis. Ich erspar ihr die Demütigung lieber.«

Phoebe rannte ins Haus zurück, als wüsste sie, dass wir über sie redeten. Wendy winkte zum Abschied und folgte ihr.

»Minty, dein Knöchel ist voller Haare«, sagte Otis.

Ich bückte mich, um die Katzenhaare abzuklopfen. Sie blieben an meinen Fingern hängen.

»Hast du schon mal solchen Unfug gehört?«, fragte Otis. »Wendy wollte mich beschwatzen, Esmeralda einen Strohhut aufzusetzen, aber ich weiß haargenau, wie Esmeralda sich damit fühlen würde.« Er tätschelte sein Pferd.

»Sie hat doch ihre Glöckchen.« Ich ließ eine der kleinen Glocken an Esmeraldas Geschirr bimmeln. »Das ist genug Deko, oder? Zwei Pfund Erdbeeren bitte.«

»Bitte sehr.« Er legte noch ein paar Erdbeeren extra obendrauf und reichte sie mir. Ich gab ihm die fünf Dollar. »Und vielen Dank.«

Ich blieb noch stehen, um Esmeraldas Nüstern zu streicheln, und gab ihr eine Erdbeere. »Irgendwas ist heute anders an dir, Minty«, sagte Otis. »Ist irgendwas passiert?«

»Passiert?« Ich war nicht sicher, was er meinte. Woher wusste Otis, dass etwas an mir anders war?

»Deine Aura hat die Farbe gewechselt«, sagte er. »Sonst hattest du einen gelben Schimmer um dich, aber heute ist er grünlich. Und kurz davor, sich blau zu färben.«

»Meine Aura?« Verlegen blickte ich zu Boden. »Was bedeutet das?«

»Schwer zu sagen«, meinte Otis. »Es ist eine Veränderung. Ob gut oder schlecht, kann ich nicht beurteilen.«

Er schnalzte mit der Zunge, und Esmeralda setzte sich in Bewegung. »Eeeeeeerd...beeeerenzuveeerkaufen!«

Interessant. Aber nicht besonders hilfreich.

Ich lief zur Garage und spähte in den offenen Karton, in dem der Junge herumgewühlt hatte. Ich war sicher, dass er etwas herausgenommen hatte. Aber was?

Ich kramte in dem Gerümpel. Obenauf lag ein großer Umschlag mit der Aufschrift *Minty Schule.* Darin waren Zusatzabzüge von meinen Schulfotos aus der Fünften – die kleinen in Portmonnaiegröße, von denen man immer zu viele bekommt. Mom schenkte die großen unseren Verwandten und eines stand in einem Rahmen im Wohnzimmer. Paz und ich tauschten immer eines der kleinen, aber die hier waren übrig. Da Mom sie nicht brauchte, hatte sie sie in die Gerümpelkiste gepackt.

Hatte der Junge etwa ein Bild von mir geklaut? Warum sollte er das tun?

Mit einem leichten Schaudern dachte ich daran, dass Paz' Ausweis am Tag zuvor gestohlen worden war. Er hatte auch ein Foto gehabt. Das war ein merkwürdiger Zufall.

Wenn es tatsächlich ein Zufall war.

Glühwürmchen im Glas

»Dad würde es erlauben.« Thea trat gegen das Stuhlbein und funkelte Mom böse an. Ich aß schweigend mein Hühnchen und hoffte, dass sie mich nicht bemerkten.

»Nein, würde er nicht«, sagte Mom. »Und du brauchst mir gar nicht zu widersprechen, ich hab nämlich schon mit ihm darüber geredet.«

Thea wollte nach dem Essen mit Melina auf dem Rad zum Kiosk fahren, sagte sie. Sie wollte nicht, dass Mom sie hinfuhr. Und sie weigerte sich, mir ein Wassereis mitzubringen.

»Die ganze Sache gefällt mir nicht«, sagte Mom. »Ich weiß, was die Jugendlichen auf diesem Parkplatz treiben. Dein Vater sieht das Ergebnis ständig in der Notaufnahme.«

»Was denn?«, fragte ich. »Was tun sie denn?«

Mom und Thea überhörten meine Frage. Wenn sie sich stritten, ignorierten sie mich immer.

»Aber mir gefällt's«, sagte Thea bockig. »Ich hab einfach Lust, mit Melina eine Runde Fahrrad zu fahren, das ist alles.«

»Darf ich mitkommen?«, fragte ich.

»Nein!«, fauchte Thea. »Muss mir ständig die ganze Familie hinterherlaufen?«

»Ich will bloß ein Eis«, sagte ich.

»Tut mir leid, meine Liebe«, sagte Mom zu Thea. »Erstens lasse ich dich nicht im Dunkeln mit dem Rad in der Stadt herumfahren, und zweitens wird keine meiner Töchter den Sommer damit zubringen, ausgerechnet vor dem Kiosk rumzulungern.«

»Du erlaubst mir nie irgendwas!«, brüllte Thea. »Du kannst mich nicht ewig in diesem dämlichen Haus einsperren!« Sie warf ihren Stuhl mit einem Knall um und rannte nach oben.

Mom presste sich die Handballen auf die Augen. »Ich halt das nicht mehr aus … Man könnte denken, sie lebt im Gefängnis.«

Ich schnappte mir Theas Maiskolben. Mom nahm die Hände von den Augen und blinzelte, als würde sie erst jetzt bemerken, dass ich auch noch da war. »Lassen die Calderons Melina wirklich abends mit dem Fahrrad zum Kiosk fahren? Ich dachte, sie sind eher streng.«

»Sind sie auch«, sagte ich. »Aber sie kriegen nicht alles mit.« Mr und Mrs Calderon arbeiteten in Washington und hatten abends viele gesellschaftliche Verpflichtungen. Dann passte Awa auf die Kinder auf und Melina sollte ihr eigentlich helfen, weil sie schon fünfzehn war. Aber wer passte eigentlich auf Melina auf?

»Ich fand es schöner, als ihr noch kleiner wart«, sagte Mom. »Es war so viel einfacher. Thea ist den ganzen Tag hinter mir hergetappelt und hat mir alles nachgemacht.« Mir lief Butter übers Kinn. Mom wischte sie mit einem wehmütigen nostalgischen Lächeln ab, das mich irgendwie traurig machte. »Werd nicht so schnell groß, Minty. Du weißt es vielleicht nicht, aber momentan ist die schönste Zeit deines Lebens.«

»Echt?« Das war deprimierend. »Danach kommt nichts Besseres mehr?«

»So hab ich das nicht gemeint«, sagte Mom. »Egal. Ich weiß auch nicht, was ich gemeint habe. Thea hat mich völlig kirre gemacht.«

»Darf ich aufstehen?«

»Klar, Süße.«

Ich stellte meinen Teller in die Spüle und nahm mir ein Glas für die Glühwürmchen. Ein Kind zu sein, ist nicht so toll, wie Erwachsene immer denken. Erstens wird man ständig von den Erwachsenen herumkommandiert. Und dann sind da noch die Schule und der Sport und die Hausaufgaben. Erwachsene vergessen auch gern, dass man zum Rosenkohlessen gezwungen wird, weil manche Eltern darauf bestehen, dass man zumindest kostet, oder dass einer der Fieslinge einen beim Mittagessen vollspuckt oder dass man für Mathetests büffeln muss oder dass man von morgens bis abends erklärt bekommt, was man alles nicht tun darf. Mom und Dad bekamen für ihre Arbeit wenigstens Geld. Mich bezahlte keiner dafür, dass ich meine Hausaufgaben machte.

Ich ging in den Garten, um Glühwürmchen zu fangen. Es ist irgendwie traurig, wie leicht sie sich fangen lassen. Sie sind so vertrauensselig. Ich habe immer Gewissensbisse, wenn ich sie in mein leeres Erdnussbutterglas sperre. Aber ich bohre ihnen immerhin ganz viele Luftlöcher in den Deckel.

Obwohl ich sauer auf sie war, ging ich nach oben und klopfte an Theas Tür.

»Was ist?«, fauchte sie.

Ich öffnete die Tür. Thea lag auf dem Bett und hatte den Kopf im Kissen vergraben. Es brannte kein Licht.

»Schau mal«, sagte ich. »Ich hab Glühwürmchen für dich.«

Thea hob den Kopf. Ihr Gesicht war tränenverschmiert. »Ich dachte, es wäre Mom.« Sie setzte sich auf und nahm das Glas voller Licht, das einen grünlich gelben Schimmer auf ihr Gesicht warf. »Danke«, sagte sie. »Ist es in Ordnung, wenn ich sie später wieder freilasse?«

»Klar«, sagte ich. Ich verstand das. In einem Glas überleben Glühwürmchen nicht lange. Man kann sie eine Weile darin aufbewahren, aber dann muss man sie wieder rauslassen. Man kann sich ja am nächsten Abend wieder welche fangen.

Thea stellte das Glas auf ihren Nachttisch. »Alles in Ordnung mit dir?«, fragte ich.

»Ja, alles gut.« Sie wischte sich mit der Hand über die feuchte Wange.

»Warum hast du dann geweint?«

»Das verstehst du nicht.«

»Doch, bestimmt.«

»Es ist einfach … so dumm«, sagte sie. »Ich weiß nicht mal, warum ich eigentlich heule. Ich weiß überhaupt nicht mehr, warum ich irgendetwas tue.«

»Oh.« Seit sie fünfzehn geworden ist, war Thea ziemlich rätselhaft. Nichts, was sie sagte, ergab irgendeinen Sinn.

»Ich will niemandem wehtun«, sagte sie. »Verstehst du?«

»Ich will auch niemandem wehtun.«

»Hier geht es nicht um dich.«

»Worum dann?«

»Das kann ich dir nicht sagen.«

»Bist du in jemanden verknallt?« Ich fragte einfach so ins Blaue hinein. Wenn Leute in Filmen plötzlich in ihr Kissen heulen, sind sie meistens verliebt.

»Nein!« Sie stand auf und schaltete das Licht an. »Aber lass dir eins gesagt sein, Minty – verlieb dich niemals. Es ist, als hätte man Dauerbauchschmerzen. Angenehme Bauchschmerzen, aber weh tut es trotzdem.«

»Angenehme Bauchschmerzen?« Hieß das, sie war tatsächlich verliebt?

Sie setzte sich an ihren Schminktisch und begann sich zurechtzumachen.

»Gehst du weg?« Ich öffnete einen ihrer Lidschatten.

»Nein. Leg das hin.«

»Warum schminkst du dich dann?« Ich legte den Lidschatten zurück und nahm ihre Haarbürste.

»Warum bist du so neugierig?« Sie riss mir die Bürste aus der Hand. »Finger weg.«

»Ich hab sie mir doch nur angeschaut.« Ich setzte mich auf ihr Bett, um sie nicht weiter zu stören. Dann nahm ich ihr Telefon und sah auf das Display.

»Was machst du da?«, fauchte sie.

Ich legte das Telefon wieder hin. »Nichts. Ich leiste dir Gesellschaft.«

»Ich brauch deine Gesellschaft nicht. Warum betatschst du laufend meine Sachen? Offenbar bist du nicht in der Lage, deine Hände bei dir zu behalten.«

Sie hätte in mein Zimmer kommen und auf allen meinen Sachen ihre Fingerabdrücke hinterlassen können, wenn sie gewollt hätte, mich hätte das überhaupt nicht gestört. Aber leider tat sie das nie.

»Ich mach doch nichts kaputt«, sagte ich bockig.

»Kannst du bitte einfach aus meinem Zimmer verschwinden?«

Ich erhob mich und ging zur Tür. An ihrem Schreibtisch blieb ich stehen und nahm einen lila Stift in die Hand. »Wo hast du den denn her?«

Thea stöhnte und riss die Tür auf. »Mom!«, brüllte sie die Treppe runter. »Minty fasst alle meine Sachen an.«

»Ich will es gar nicht hören!«, rief Mom.

»Okay, ich geh ja schon.« Ich ging in den Flur. »Vergiss nicht, die Glühwürmchen freizulassen.«

»Keine Sorge.« Sie schloss die Tür.

Unten spülte Mom gerade Geschirr. »Ich gehe zu Paz«, sagte ich.

»In Ordnung«, sagte Mom. »Was macht Thea?«

»Redet verrücktes Zeug«, sagte ich.

Ich ging nach draußen. Nebenan übte Mr Gorelick auf seiner Elektro-Orgel »Disco Duck«, was nachts ziemlich gruselig klang.

In der Einfahrt der Murphys fuhr Casey im Licht

der Veranda mit dem Fahrrad Kreise. Ich dachte an den Zettel, den ich gefunden hatte. Ich wusste, dass Legastheniker oft große Schwierigkeiten mit Lesen und Schreiben hatten.

Aber ich konnte ja schlecht zu Casey gehen und sie fragen, ob diese Nachricht von ihr stammte. Immerhin war es ein Geheimnis.

In Kips Zimmer brannte Licht und aus dem Fenster schallte Musik. Auf der Straße stand sein roter Ford Mustang, der glänzte, weil er ihn gerade erst geputzt hatte. Ich winkte Casey zu und ging über die Western Street zum Haus der Calderons. Ich klopfte an die Hintertür und Awa ließ mich herein.

»Hunger?« Sie hielt mir einen Streifen gefriergetrockneten Tintenfisch vor die Nase.

»Nein, danke – ich habe gerade zu Abend gegessen.« Ein paar von Awas Knabbersachen waren echt eklig. Paz fiel das überhaupt nicht mehr auf. Sie war es gewohnt, gefriergetrockneten Tintenfisch, gesalzene Pflaumen oder Hühnerfüße zu essen.

Mr und Mrs Calderon saßen im Wohnzimmer. Ich betrat ihr Wohnzimmer so gut wie nie – es war nicht sehr einladend. Sämtliche Möbel waren mit Seide bezogen oder vergoldet und wurden schnell schmutzig.

»Hallo, Mr und Mrs Calderon«, grüßte ich im

Vorbeigehen. Sie mögen es, wenn Kinder sehr höflich sind.

»Hallo, Araminta!« Mr Calderon winkte mich ins Wohnzimmer. »Dich haben wir ja lange nicht gesehen. Komm rein und erzähl uns, was du diesen Sommer so vorhast.«

Ich hatte es eilig, zu Paz zu kommen, aber es gab kein Entrinnen. Mrs Calderon nickte und lächelte mich aufmunternd an. Ich stand vor ihnen und fühlte mich, als müsse ich einen Aufsatz zum Thema »Meine Sommerferien« vortragen. Mit Mr und Mrs Calderon zu reden, war fast so, als würde man mit einem Lehrer oder alten Verwandten sprechen.

»Na ja, Paz und ich arbeiten an unserer Rollschuh-Nummer für den Umzug am Unabhängigkeitstag«, sagte ich. »Wir üben ein paar neue Tricks.«

Ihre Mienen verdüsterten sich. Sie standen nicht so auf Roller Derby. Ich hatte deshalb schon extra »Rollschuh« und nicht »Roller Derby« gesagt. Aber sie durchschauten mich natürlich.

»Gefällt es deinen Eltern, dass du so viel Zeit mit Rollschuhlaufen zubringst?«, fragte Mrs Calderon.

»Ach, das ist ihnen egal«, sagte ich. »Solange ich ihnen nicht auf die Nerven gehe. Und kein Theater mache wie Thea.«

Das war die falsche Antwort. »Paz wird im

Herbst Eiskunstlaufstunden nehmen«, erklärte mir Mrs Calderon. »Mit dem Training und der Schule wird sie dann nicht mehr viel Zeit für andere Sachen haben.«

»Wirklich? Das wusste ich gar nicht.« Es war das erste Mal, dass ich von den Eiskunstlaufstunden hörte. »Na ja, aber bis dahin können wir noch ein bisschen faulenzen, oder? Dafür ist der Sommer doch schließlich da.«

Wieder daneben. »Der Sommer kann ebenso produktiv sein wie der Rest des Jahres«, sagte Mr Calderon. »Warum sollte man kostbare Zeit vergeuden?«

Ich wusste, dass sie eine Antwort hören wollten wie *Sie haben ja so recht – entschuldigen Sie mich, ich geh dann mal Mathe lernen,* aber ich brachte es einfach nicht über mich. Ich vergeudete gern Zeit, auch wenn ich nicht den Mut hatte, das Mr und Mrs Calderon gegenüber zu vertreten.

»Du kannst jetzt zu den Mädchen hochgehen«, sagte Mr Calderon. Entlassen.

»Hat mich gefreut!« Ich winkte kurz und verließ das Zimmer. Ich hatte fast das Gefühl, mich verbeugen zu müssen. Ich rannte die Treppe hoch und war heilfroh, ihnen zu entkommen.

Lennie lag auf dem Bett und schmökerte in einem Buch mit dem Titel *Fledermausmann! Die Geschichte vom Fledermausmann,* Paz saß mit einem Kissen im

Rücken auf ihrem Bett und tippte eine SMS. »Wo ist Melina?«, fragte ich.

»Die ist babysitten.« Paz blickte nicht von ihrem Telefon auf. »Bei Troy.«

»Ooh. Hoffentlich überlebt sie das.« Dann fiel mir ein, dass sie nicht mit Thea zum Kiosk gehen konnte, wenn sie auf Troy aufpasste. Hmm.

Ich setzte mich neben Paz aufs Bett. Sie kratzte sich am Arm. »Was hat es denn mit den Eiskunstlaufstunden auf sich?«, fragte ich.

»Was?« Paz legte ihr Telefon weg. »Nichts. Mami möchte, dass ich Stunden nehme. Es muss nicht Eiskunstlauf sein. Ballett ginge auch. Hauptsache, ich mache irgendwas und bin beschäftigt.« Sie kratzte sich wieder am Arm. »Warum juckt es mich bloß überall?«

»Aber du bist doch auch so beschäftigt«, sagte ich. Ihr Telefon vibrierte auf dem Bett. »Hast du jemandem eine SMS geschrieben?«

»Bloß Isabelle.« Paz zuckte mit den Schultern, nach dem Motto *Einfach so,* aber sie wich meinem Blick aus. In dem Moment entdeckte ich die vier silbernen Spangen in ihrem Haar. Vier Spangen untereinander. Als ich Isabelle, Katie und Lydia das letzte Mal gesehen hatte, trugen sie drei Spangen im Haar. Ob sie nun alle vier trugen?

»Wusstest du, dass der Fledermausmann nachts über die Dächer fliegt und nach streunenden

Hunden und Katzen Ausschau hält, die er fressen kann?«, fragte uns Lennie von der anderen Seite des Zimmers.

»Wusstest du schon, dass du, wenn du ihn noch einmal erwähnst, die nächste Mahlzeit des Fledermausmanns bist?«, erwiderte Paz. Sie kratzte sich schon wieder. Sie machte einen gereizten Eindruck. Ihr Unterarm war ganz rot und überall bildeten sich erschreckend viele kleine Pickel.

»Paz, was ist denn mit deinem Arm?«, fragte ich. »Das sieht aus, als hättest du einen Ausschlag.«

Paz rieb daran herum. »Es juckt wie verrückt!«

»Nicht kratzen«, sagte ich. »Es könnte sich entzünden.«

»Ich kann nicht anders!«, sagte Paz. »Wo kommt das her?«

»Bist du gegen irgendwas allergisch?«, fragte ich.

»Ich weiß nicht! Ich will einfach, dass es aufhört!« Sie sprang vom Bett. »Awa!«

Awa kam mit Hugo und Robbie im Schlepptau ins Zimmer. Sie sah sich den Ausschlag an und ging ins Badezimmer am Ende des Flurs.

»Was ist denn los?«, fragte Hugo.

»Paz hat plötzlich einen geheimnisvollen Ausschlag«, sagte Lennie. Sie legte ihr Buch weg und setzte sich auf, mit einem Mal schien sie ein brennendes Interesse an Paz' Gesundheit zu haben. »Ist dir schon aufgefallen, dass dir in letzter Zeit viele komische, unangenehme Dinge passiert sind, Paz? Vor ein paar Tagen die Bauchschmerzen, dann wurde dein Ausweis gestohlen und nun der geheimnisvolle Ausschlag –«

»Worauf willst du hinaus?«, fuhr Paz sie an.

»Worauf ich hinauswill?«, fragte Lennie. »Auf nichts.«

»Es ist, als läge ein Fluch auf dir«, sagte ich.

»Es gibt Leute, die behaupten, der Fledermausmann könne Menschen mit einem Fluch belegen«, bemerkte Lennie.

Der Ausschlag wurde mit jeder Sekunde röter und juckender. Awa kam mit einer Creme zurück, die sie Paz auf den Arm schmierte.

»Es ist kein Fluch«, sagte Paz. »Sondern einfach Pech.«

Awa schüttelte energisch den Kopf. »Nein, nein. Kein Pech. Fluch.«

»Wer sollte Paz verfluchen?«, fragte ich.

»Vielleicht die Hexenfrau?«, sagte Hugo.

Paz schauderte bei dem Gedanken an den letzten Halloween-Abend. »Das ist doch schon Monate her. Warum sollte sie mich jetzt mit einem Fluch belegen?«

»Hexen brauchen keinen Grund«, sagte Hugo.

»Aber es war nicht meine Schuld«, sagte Paz. »Ich hab ihr dämliches Haus schließlich nicht mit Eiern beworfen.«

»Ja, aber das weiß die Hexenfrau nicht«, sagte Lennie. »Weißt du noch, was sie gerufen hat? ›Hol euch der Teufel, ihr Bälger!‹ Für mich klingt das wie ein Fluch.«

»Vielleicht hat sie deinen Ausweis gestohlen, um an dein Bild zu kommen«, sagte Hugo. »Hexen brauchen Bilder, um Menschen zu verwünschen.«

»Wer hat dir das denn erzählt, Hugo?«, fragte ich.

»Otis«, sagte Hugo. »In Louisiana, wo er herkommt, verwünschen sie sich ständig gegenseitig.«

Ich dachte an den Jungen in Tarnkleidung. Hatte er etwa mein Schulfoto gestohlen? Was würde er damit tun?

Vielleicht würde er mich damit verwünschen. Vielleicht half er der Hexenfrau!

Wenn sie sich Flüche ausdachte, war ich bestimmt als Nächste dran.

Das Musterhaus

Früh am nächsten Morgen ging ich wieder zum Baum. Er summte so stark, dass ich es in meinem Brustkorb spürte. Es hörte sich an wie *Mmmmm … Mmmmminty …*

Ich blieb stehen und starrte auf das Loch – diesen kleinen, dunklen, geheimnisvollen Ort. Ich griff hinein und tastete nach dem letzten Geheimnis, das ich dort zurückgelassen hatte, von dem Kind, das Angst hatte, dass mit seinem oder ihrem Kopf etwas nicht stimmte. Ich berührte ein Blatt Papier und zog es heraus.

Es war ein neues Geheimnis.

Ich habe meine Feindin verwünscht. Und es funktioniert.

Ich las das Geheimnis noch einmal. Ich konnte es kaum glauben.

Paz war also tatsächlich verwünscht worden!

Ich konnte es nicht glauben. Wenn Paz verwünscht werden konnte, dann war alles möglich. Wer weiß, vielleicht gab es dann auch den Fledermausmann.

Ich konnte das Geheimnis nicht einfach in dem Loch liegenlassen – es war zu wichtig. Ich stopfte es in meine Hosentasche und lief nach Hause.

Dad war auf dem Weg zur Arbeit. »Ich war gerade bei den Calderons, um mir Paz anzuschauen«, sagte er. Der Ausschlag hatte die ganze Nacht gebrannt, klang aber schon ab, als Dad ihn sich angesehen hatte. Genau wie die Bauchschmerzen. Das gleiche Muster.

»Ich hab ihr gesagt, sie solle ein paar Tage nicht schwimmen, für den Fall, dass das Chlor ihre Haut gereizt hat«, sagte Dad. »Aber es geht ihr schon wieder gut.«

»Ich geh nachher noch mal rüber.«

»Das ist nett von dir.« Dad gab mir einen Kuss und fuhr in die Klinik. Ich setzte mich auf die Treppe und betastete das Geheimnis in meiner Hosentasche. Dad hatte zwar gemeint, Paz ginge es wieder gut, aber der Zettel sagte etwas anderes.

Pfft, pfft, pfft, pfft … David und Troy kamen auf ihren Rädern die Straße hinunter. David beugte sich vor und spuckte in hohem Bogen aus. Troy fuhr auf dem Hinterrad.

»Hey, du Loser«, rief David. Ich nahm es nicht persönlich. David bezeichnete jeden als »Loser«. Manchmal fragte ich mich, ob er das machte, weil er sich die richtigen Namen nicht merken konnte.

Da sah ich es: ein erneutes Aufblitzen. Es kam vom Waldrand. Ich starrte so lange konzentriert in die Richtung, bis ich den geheimnisvollen Jungen in den Tarnklamotten entdeckte. Er hielt die Kamera auf die Fieslinge und ihre Fahrräder gerichtet.

Die Fieslinge verschwanden die Western Street hinunter. Sie hatten den Blitz nicht bemerkt. Aber ich ließ den Jungen nicht aus den Augen. *Blink!* Er knipste noch mal.

»Hey, du!«, rief ich. »Was tust du da?«

Der Junge drehte sich um und rannte zurück in den Wald. Ich jagte hinterher. Dieses Mal würde ich ihn nicht nur beobachten. Ich würde ihn festhalten und rauskriegen, was er im Schilde führte. Außer natürlich, er ging ins Hexenhaus. In diesem Falle würde ich kehrtmachen und schreiend wieder nach Hause rennen.

»Bleib stehen! Ich tu dir nichts!«, schrie ich. Aber der Junge hielt nicht an. Er rannte wieder die ganze Strecke durch den Wald. Er flitzte am Hexenhaus vorbei und an der leeren, halb fertigen Siedlung ringsum, die staubige ungepflasterte Straße hinunter zu dem Haus mit dem Schild MUSTERHAUS. Er rannte hinein und knallte die Tür hinter sich zu.

Ich stürmte hinterher und rüttelte an der Tür. Sie war verschlossen. Also klopfte ich. Ich klingelte. »Ich weiß, dass du dadrinnen bist!«, rief ich. »Irgendwann musst du rauskommen! Ich werde so lange vor der Tür sitzen, bis du rauskommst.«

Ich konnte aber nicht ewig warten. Sobald Mom mit der Glocke bimmelte, musste ich nach Hause. Aber das konnte der Junge ja nicht wissen.

Der Boden rings um die unfertigen Häuser bestand nur aus Schlamm und Stroh. Das Hexenhaus war grau und die Farbe blätterte ab. Es war voller Spinnweben, auf der vorderen Veranda lag eine umgekippte Couch und im Garten Müll. Im Fenster flatterte ein Vorhang. Beobachtete mich jemand? Oder war es bloß der Wind?

Das Musterhaus war der einladendste Ort in der ganzen Siedlung, neu und sauber und mit einem Teppich aus grünem Rollrasen ringsum.

Als ich ein Geräusch im Haus hörte, klopfte ich noch einmal. »Ich schwöre, ich tu dir nichts! Ich will bloß mit dir reden.«

Die Tür ging auf und da stand er. Der Junge in den Tarnklamotten.

Er war klein, kleiner als ich, und seine kurz geschorenen Haare ähnelten dem gelben Flaum von

Entenküken. Um seinen Hals hing das klobige schwarze Plastikdings, das ich schon beim ersten Mal an ihm gesehen hatte.

»Ist das eine Kamera?«, fragte ich.

»Ja.«

»Hast du mich damit fotografiert?«

Er gab keine Antwort.

»Hast du eines von meinen Schulfotos aus unserer Garage gestohlen?«

»Nein.«

Er log. »Ich weiß, dass du es gestohlen hast«, sagte ich. »Du kannst mir ruhig die Wahrheit sagen. Ich erzähle es nicht weiter.«

Der Junge erwiderte nichts.

»Ich weiß, dass du etwas genommen hast«, sagte ich. »Ich hab dich gesehen.«

»Ich werde es dir zurückgeben«, sagte er.

Aha!

»Geht klar«, sagte ich. »Meine Mom wollte es sowieso wegwerfen. Trotzdem hättest du es nicht einfach nehmen sollen, ohne zu fragen.«

Ich dachte, er würde sich entschuldigen, aber das war nicht der Fall.

»Wohnst du hier?«, fragte ich.

»Hmm.«

»Kann ich reinkommen?«

»Von mir aus.« Er trat zur Seite, um mich hereinzulassen. An der Wand im Eingangsbereich hing das Bild eines Farmhauses, darunter stand auf einem Tisch eine Schale mit Plastikblumen.

»Ich heiße Minty Mortimer«, sagte ich.

Der Junge schüttelte meine Hand. »Raymond Delmore junior.« Er beugte sich vor und schnupperte an mir. »Du riechst aber nicht besonders minzig. Du riechst ein bisschen nach Schweiß. Und nach Gras.«

»Tja, hmm, sie haben mich nicht nach meinem Geruch benannt. Sondern nach meiner Großmutter Araminta.«

»Meine Großmutter heißt Kelly«, sagte Raymond.

»Aha. Ich kenn einen Hund, der Kelly heißt.«

Wenn wir schon bei Gerüchen waren, dieses Haus hatte einen ganz eigenartigen Geruch. Die meisten Häuser riechen ja wie ihre Bewohner. Wie es bei uns zu Hause riecht, nehme ich deshalb schon gar nicht mehr wahr, aber Paz behauptet, es würde nach Zitronen riechen, nach Pizza und nach Franzbranntwein. Mom desinfiziert ständig irgendwas. Das Haus der Calderons riecht nach Zwiebeln, Holzpolitur und Knetmasse. Das Gorelick-Haus nach Raumspray, Menthol und Schmorbraten.

Das Musterhaus roch nach Vinyl, Farbe und neuem Teppich. Es roch überhaupt nicht so, als ob jemand darin wohnte.

Raymond führte mich ins Wohnzimmer, in dem

eine schwarze Ledercouch, ein paar unbequem aussehende Stühle und ein Fernsehsessel standen, bei dem die Fußstütze herausgeklappt war. Auf dem gläsernen Couchtisch stapelten sich Comics, eine Mundharmonika, eine geöffnete Limodose, ein Notizbuch, Kleber, Klebeband, eine Schere und ein Stift.

»Du wohnst also wirklich hier?«, fragte ich.

»Klar.«

»Und wo sind deine Eltern?«

»Sie haben ihre eigenen Häuser. Dieses Haus gehört nur mir.«

»Wow. Wie geht das denn?«

»Ich hab's von den Bauarbeitern«, sagte Raymond. »Sie sind vor ein paar Wochen verschwunden und nicht zurückgekommen. Ich glaub, ihnen ist das Geld ausgegangen.« Er sprach nicht weiter. »Deshalb ist es jetzt mein Haus.«

Er ließ sich auf den Fernsehsessel fallen, ein König in seinem Schloss. Ich blieb stehen. Ich wollte ihn etwas fragen und dabei den Vorteil auskosten, größer zu sein als er.

Ich zog das letzte Geheimnis aus meiner Hosentasche – das, bei dem es um den Fluch ging – und hielt es Raymond vor die Nase. »Was weißt du *darüber*?«

Seine Augen leuchteten auf. »Noch einer!« Er nahm den Zettel und las ihn, wobei er leicht die Lippen bewegte.

»Hast du meine Freundin verwünscht?«, bohrte ich nach.

Statt einer Antwort las Raymond den Zettel noch mal.

»Warum machst du ständig Fotos von uns? Bist du ein Spion? Oder benutzt du die Bilder für einen Voodoo-Zauber?«

Raymond klappte das Notizbuch auf dem Couchtisch auf und hielt den Zettel darüber.

»Kann ich den behalten?«, fragte er.

Das war nicht die Reaktion, die ich erwartet hatte. Dieser Junge war nicht so leicht einzuschüchtern. »Ich weiß nicht«, sagte ich. »Was hast du damit vor? Benutzt du ihn für eine deiner Verwünschungen?«

»Ich verwünsche überhaupt niemanden«, sagte Raymond.

»Warum soll ich dir glauben?«, fragte ich. »Vorhin hast du gelogen, als ich dich nach meinem Foto gefragt habe. Bestimmt hast du für jeden in Catonsville eine Voodoo-Puppe.«

»Ich brauch den Zettel.« Er hielt das Blatt Papier ganz fest. »Bitte, ich will ihn behalten.«

»Wozu brauchst du ihn?«

Er blätterte in dem Notizbuch. Darin waren Bilder von allen Leuten aus unserer Nachbarschaft: Lennie beim Kickballspiel, Hugo und Robbie beim Ringkampf auf dem Rasen, Casey Murphy beim Fahrradfahren in ihrer Einfahrt, Melina beim Gitarrespielen. Raymond legte zwei weitere Bilder in das Buch: Troy und David auf ihren Rädern. Die Fotos, die er gerade gemacht hatte.

»Hast du die Fotos gemacht?«, fragte ich.

»Hiermit.« Raymond legte die Hand auf die klobige Kamera um seinen Hals. Auf einer Seite stand in kleinen Silberbuchstaben POLAROID. »Weißt du, damit knipst man ein Foto und eine Sekunde später kommt es aus dem Schlitz raus.« Er zeigte mir, wo die Bilder herauskamen. »Man braucht keinen Computer oder so. Man wartet einfach ein paar Minuten, bis es fertig ist.«

»Warum hast du dann mein Bild gestohlen?«, fragte ich. »Warum hast du nicht einfach eins mit deiner Kamera gemacht?«

»Das ist eine ziemlich alte Kamera«, erklärte er. »Ich habe nur noch eine Schachtel Film.«

»Na und? Dann kauf doch eine neue.«

»Ich hab kein Geld. Außerdem ist diese Art Film schwer zu kriegen.«

Raymond blätterte zur nächsten Seite im Notizbuch. Da war ich und lächelte doof von dem Foto, das der Fotograf letztes Schuljahr gemacht hatte.

»Hey! Du hast es wirklich geklaut.«

»Ich brauchte es.« Er klappte das Buch zu und drückte es an die Brust. »Für das Buch.«

»Was ist das für ein Buch?« Ich setzte mich aufs Sofa. »Zeig mal.«

Er umklammerte das Buch noch fester.

»Ich verspreche dir, dass ich es dir nicht wegnehme. Ich will es bloß sehen.«

Er zögerte.

»Du musst es mir zeigen«, sagte ich. »Schließlich ist mein Bild dadrin.«

Raymond legte das Buch auf den Tisch. Auf dem Umschlag stand mit Buntstift geschrieben MEIN VREUNDEBUCH.

»*Freunde* schreibt man mit F«, erklärte ich ihm. Er nahm einen Buntstift und machte aus dem *V* ein *F.*

Ich schlug das Buch auf. Auf der ersten Seite klebte Paz' vermisster Ausweis.

Das Geheimnisbuch

»Den hast du auch gestohlen!« Ich riss Paz' Ausweis von der Seite. »In der Rollschuhbahn! Ich hab dich dort gar nicht gesehen.«

»Niemand hat mich gesehen«, sagte Raymond. »Wenn ich meine Tarnsachen anhabe, bin ich so gut wie unsichtbar.«

»Ich kann dich ganz deutlich sehen.«

»Aber nur, weil ich es will.«

»Aha …« Ich blätterte eine Seite weiter. Zwischen die einzelnen Seiten waren einige lose Blätter geschoben. Sie sahen genauso aus wie die Nachrichten, die ich in dem murmelnden Baum gefunden hatte. Lauter Geheimnisse.

Ich bin in Kip Murphy verknallt.

Ich will bloß, dass andere mich mögen.

Ich wollte, ich wäre mutig genug wegzulaufen.

Ich bin so dum. Ich glaub, mit mainem kopf stimmt was nicht. Aber ich will nicht, das jemant dafon erfährt, sonst bleib ich sitsen.

»Den hab ich schon vor ein paar Tagen gefunden.« Ich deutete auf den Zettel mit den vielen Rechtschreibfehlern. Die anderen kannte ich nicht. »Wo hast du sie her?«

»Aus dem Geheimnisbaum.«

Ich war also nicht die Einzige. Um sicher zu sein, hakte ich noch mal nach: »Du meinst ... diesen Baum im Wald? Mit dem großen Loch?«

Raymond nickte. »In dem Baum lebt ein Geist. Er frisst Geheimnisse.«

»Ein Geist.« Ich blinzelte. Das klang noch verrückter für mich als Lennies Geschichten über den Fledermausmann, allerdings ... hatte ich tatsächlich etwas gespürt. Eine Art Surren. Ein Murmeln.

»Die Leute erzählen dem Baumgeist ihre Geheimnisse und er löst die Geheimnisse dann in Luft auf«, sagte Raymond. »Er frisst sie und flüstert sie dem Wind zu.«

»Wer hat dir das denn erzählt?«

»Otis«, sagte Raymond. »Er fährt von Zeit zu

Zeit hier lang. Wenn er etwas übrig hat, schenkt er mir immer Erdbeeren oder eine Wassermelone. Er sagt, wenn ich sie nicht nehme, muss er sie wegwerfen.«

»Hat er schon mal mit dir über deine Aura geredet?«, fragte ich.

»Nein«, sagte Raymond. »Aber er hat mir von Gespenstern und Geistern erzählt und dass sie in Bäumen leben können.«

»Das ist doch bloß Aberglaube«, sagte ich. »Wie der Fledermausmann.«

»Nein, das ist wahr. Eines Tages haben die Bauarbeiter ein Loch unter dem Haus dort drüben gegraben –« Raymond zeigte durch das Fenster auf das halb fertige Haus am Waldrand. »Und sie haben ein Skelett gefunden. Sie haben aus Versehen ein Grab ausgehoben.«

»Ein Grab!« Ich dachte an Crazy Ike, den man vor langer Zeit auf der Farm der Hexenfrau begraben hatte.

Raymond nickte. »Sie haben das Skelett weggebracht und einfach weitergebaut. Ich habe Otis davon erzählt und er meinte, das seien bestimmt die Knochen von Crazy Ike gewesen.«

»Der Junge, der an einem Fledermausbiss gestorben ist!« Ich hatte es immer gewusst.

»Otis hat gesagt, wenn man ein Grab öffnet, schwebt der Geist aus der Erde und nistet sich in einem Baum ein. Vor allem in Bäumen mit Loch. Und er frisst Geheimnisse. Wenn man also einen Baum mit Loch findet, kann man sein Geheimnis hineinlegen und der Geist sorgt dafür, dass es sich auflöst.«

»Dann lebt der Geist von Crazy Ike in diesem Baum? Ich dachte, er hätte sich in den Fledermausmann verwandelt.«

»Du glaubst an den Fledermausmann?«, spottete Raymond. »Den gibt's doch nicht wirklich.«

»Aber den Geist von Crazy Ike?«

»Ja«, sagte Raymond. »Ich hab ihn gesehen. Ich hab gesehen, wie sein Geist aus der Erde geschwebt und in den Wald geflogen ist. Er lebt in diesem Baum. Hast du das Surren nicht gespürt? Das ist sein Geist. Er ruft einem zu ›Bring mir deine Geheimnisse …‹.«

»Stimmt, das Surren hab ich auch gehört«, sagte ich. »Es klang wie murmelnde Stimmen.«

»Das sind die Geheimnisse, die im Wind davonwehen«, sagte Raymond.

»Oh.« Die Geschichte war verrückt und ziemlich weit hergeholt … aber ich glaubte sie.

»Nachdem sie die Knochen ausgegraben hatten, bekamen die Bauleute Probleme. Einer ihrer Lastwagen brach zusammen, etliche Rohre wollten nicht funktionieren und das Bauholz war voller Termiten. Sie kamen irgendwann einfach nicht mehr zur Arbeit. Otis behauptet, Crazy Ike hätte sie verwünscht.«

»Weil er sauer war, dass sie sein Grab ausgehoben haben?«

»Ja. Aber ich glaube, Crazy Ike hat auch dafür gesorgt, dass sie dieses Musterhaus für mich zurückgelassen haben. Crazy Ike kümmert sich nämlich um mich.«

»Warum weiß Otis so viel über Geister?«, fragte ich.

»Er stammt aus Louisiana«, erzählte mir Raymond. »Er kennt sich mit Voodoo aus.«

Voodoo! Das konnte kein Zufall sein.

»Glaubst du, Otis hat meine Freundin Paz verhext?«, fragte ich.

»Das kann ich mir nicht vorstellen.« Raymond griff nach der Limodose und setzte sie an die Lippen. Sie war leer. »Warum sollte er?«

»Er vielleicht nicht.« Aber bei der Hexenfrau war ich mir nicht so sicher.

Ich sah wieder auf das Notizbuch. »Und was ist mit all diesen Geheimnissen? Warum hat der Baum die nicht gegessen?«

»Vielleicht war er satt.«

»Raymond –«

»Vielleicht hab ich sie auch aus dem Baum genommen, bevor der Baum sie hinunterschlucken konnte.«

»Das bedeutet aber, dass diese Geheimnisse sich nicht in Luft auflösen werden.«

»Das sind die Geheimnisse meiner Freunde«, sagte Raymond. »Ich will ihnen bloß helfen. Deshalb hab ich dieses Notizbuch angefangen. Ich habe Bilder von allen meinen Freunden eingeklebt und versuche, jedem sein Geheimnis zuzuordnen. Danach lege ich die Geheimnisse wieder in den Baum zurück.«

»Ich finde, du solltest sie gleich wieder zurückbringen«, sagte ich. »Und hör auf, von allen Bilder zu machen.«

»Aber möchtest du nicht herausfinden, wer deine Freundin verwünscht hat?«, fragte Raymond.

Er hatte Recht. Paz hatte schon Bauchschmerzen und Ausschlag ertragen müssen. Als Nächstes konnte noch etwas Schlimmeres – etwas viel Schlimmeres – kommen.

»Wir werden eine Liste von Verdächtigen aufstellen«, sagte Raymond. »Und dann beobachten wir heimlich, ob sie sich auffällig verhalten.«

Ich wusste, dass es nicht richtig war, hinter anderen herzuschnüffeln. Aber hier ging es um Leben und Tod. Vielleicht. Egal, es war auf jeden Fall superwichtig.

»Mit wem sollen wir anfangen?« Ich war für die Hexenfrau, aber ich traute mich nicht, das zu sagen. Mir war noch nicht ganz klar, was Raymond mit ihr zu tun hatte oder ob er überhaupt etwas mit ihr zu tun hatte. Immerhin wohnte er in seinem eigenen Haus. Vielleicht hatte er gar nichts mit ihr zu tun.

Vielleicht war er aber auch mit ihr verwandt. Vielleicht verletzte es ihn, wenn man sie als Hexe bezeichnete.

»Wie wär's mit den Fieslingen?«, schlug Raymond vor.

»Gute Idee. Sie sind zu jedem fies. Aber vielleicht waren sie besonders wütend auf Paz.« Ich hatte Troy im Verdacht, dass er in Paz verknallt war. Es wäre zwar ein seltsamer Grund, um jemanden zu verwünschen, aber Troy war ja auch ziemlich schräg.

»Wenn das so ist, finden wir es heraus. Und ich werde Beweisfotos machen.«

»Dann können wir ihnen die Polizei auf den Hals hetzen und die wird sie verhaften«, sagte ich.

Raymond wurde blass. »Nicht die Polizei. Wir schaffen das allein.«

»Dann erzählen wir es unseren Eltern. Und Paz' Eltern.«

»Ja.«

»Wir fangen heute Abend an«, sagte ich. »Wir treffen uns, wenn es dunkel ist, am Waldrand gegenüber von meinem Haus. Und bring deine Kamera mit.«

»Mach ich.«

Ich nahm Paz' Ausweis. »Den geb ich Paz zurück.«

»Nein! Sie wird denken, dass du ihn gestohlen hast.«

»Dann werde ich ihr sagen, dass du ihn gestohlen hast«, sagte ich. »Das ist nun mal zufälligerweise die Wahrheit.«

»Nein. Du darfst ihr nicht von mir erzählen.«

»Warum nicht?«

»Du darfst niemandem von mir erzählen. Und vor allem darfst du niemandem von meinem geheimen Haus erzählen.«

»Aber warum?«

»Weil wir jetzt Spione sind«, sagte Raymond.

»Aber –«

»Versprich mir, dass du niemandem davon erzählst.«

»Aber –«

»Versprich es. Oder ich werde dir nicht helfen herauszufinden, wer deine Freundin verwünscht hat.«

Ich brauchte seine Hilfe. Und das Wichtigste war, Paz vor diesem Fluch zu retten.

»Na gut«, willigte ich ein. »Aber sobald das Geheimnis gelöst ist, darf ich es erzählen?«

»Nein«, sagte Raymond. »Niemals.«

Der erste Spionageeinsatz

Als es dunkel war, kletterte ich den großen Baum vor meinem Fenster herunter, flitzte durch den Vorgarten, duckte mich hinter Büsche und Autos, bis ich im Wald in Sicherheit war. Keiner sah mich. Ich wartete zwischen den Bäumen und beobachtete die schimmernden Glühwürmchen.

Dabei gingen mir die Geheimnisse durch den Kopf, vor allem die neuen.

Ich bin in Kip Murphy verknallt.

Ich will bloß, dass andere mich mögen.

Ich wollte, ich wäre mutig genug wegzulaufen.

Hatten etwa alle um mich herum Geheimnisse? Und noch dazu so schwerwiegende, vor allem das Letzte. Wenn jemand weglaufen wollte, musste er schon ziemlich verzweifelt sein. Es machte mich traurig, wenn ich daran dachte, dass jemand in meiner Umgebung so traurig war. Genau wie derjenige, der das Gefühl hatte, nur von seinem Goldfisch geliebt zu werden. Alle um mich herum schienen traurig zu sein.

»Minty Mortimer …«, flüsterte jemand.

»Wer ist da?« Ich schnellte herum. Natürlich wusste ich, dass ich mit Raymond verabredet war, aber er hatte mich trotzdem erschreckt.

Er trat in Tarnsachen und schwarzer Skimaske aus dem Dunkeln, um seinen Hals hing die klobige Kamera. Ich hatte ein schwarzes T-Shirt und Jeans an, um in der Dunkelheit nicht aufzufallen.

»Wo fangen wir an?«, fragte Raymond.

»Troys Haus.« Thea hatte behauptet, Liebe täte genauso weh wie Bauchschmerzen. Wenn Troy also in Paz verknallt war, tat ihm vielleicht der Bauch weh. Vielleicht dachte er ja auch, wenn Paz ebenfalls Bauchschmerzen hätte, würde sie sich auch in ihn verlieben. Ziemlich schräg, aber so tickten die Fieslinge.

Aber vielleicht hatte Troy auch einfach Lust, gemein zu Paz zu sein. Das konnte auch immer sein.

Wir liefen durch den dunklen Gang zwischen

dem Haus der Murphys und dem von Wendy in Troys Garten. An der Grundstücksgrenze zögerte Raymond.

»Sie haben doch keinen Hund, oder?«, flüsterte er.

Ich schüttelte den Kopf. »Einen Kater. Namens Satan. Er kratzt vielleicht.«

Raymond nickte und wir pirschten weiter durch den Garten. Das Licht des Küchenfensters erhellte die Hauswand. Wir schlichen uns an und spähten hinein.

Mr Rogers räumte die Küche auf und trällerte Lieder im Radio mit. Er war ein massiger Mann, bullig wie Troy.

Satan, ein orangefarbener Kater, fraß aus seinem Napf an der Spüle. Auch er war groß und fett.

»I want to know what love iiiiis!«, wimmerte Mr Rogers zur Musik, während er die Teller in den Geschirrspüler stellte. Satan kümmerte sich nicht um ihn. Wo Troy wohl steckte? Er machte garantiert irgendwelchen Blödsinn.

Mr Rogers nahm mich manchmal zur Schule mit. Letzten Herbst, ganze drei Monate lang, waren seine Augen jeden Morgen rot gewesen. Ich hatte mir nichts weiter dabei gedacht. Aber dann fiel mir auf, dass ich Mrs Rogers schon lange nicht mehr gesehen hatte. Irgendwann erzählte mir Mom, dass Mrs Rogers ausgezogen war.

»Das kann ich gut verstehen«, hatte ich damals gesagt. »Ich würde auch nicht mit Troy in einem Haus leben wollen.«

»Araminta Mortimer, du bist herzlos«, hatte Mom geantwortet. »Vielleicht wirst du es eines Tages begreifen.«

Es stellte sich heraus, dass Mr Rogers die ganze Nacht geweint hatte, jede Nacht, ein Vierteljahr lang. Mittlerweile sah er nicht mehr ganz so traurig aus.

Mr Rogers füllte Reiniger in den Geschirrspüler und schloss die Klappe. Satan war fertig mit Fressen und leckte sich ein Bein. Mr Rogers ging in die Hocke, um den Kater zu streicheln, der ihn jedoch bloß anzischte. Mr Rogers zog die Hand zurück. Satan leckte weiter sein Bein.

»Tut mir leid, Kumpel. Ich weiß, du bist in letzter Zeit empfindlich ...«

Raymond stupste mich an. »Mir ist langweilig«, flüsterte er.

Das verstand ich. Ich gab ihm einen Wink, mir zur Rückseite des Hauses zu folgen.

Wir drückten uns an der Backsteinwand entlang, bis wir wieder Licht sahen, dieses Mal kam es aus dem Keller. Perfekt. Da konnte man gut hineinspähen.

Troy saß vor dem laufenden Fernseher im Hobbyraum, ein Glas mit Glühwürmchen neben sich.

Auf dem Fernseher drehte Troys Geburtstagsgoldfisch von Mr Jack ruhelos seine Runden in einem Glas.

Troy holte ein Glühwürmchen nach dem anderen aus dem Glas und zermatschte sie mit einem Plastikhammer auf einem Teller. Anschließend schmierte er sich den grünlichen Leuchtsaft der toten Würmchen wie Kriegsbemalung aufs Gesicht.

»Der hat sie ja nicht mehr alle«, brummte ich. »Wie kann er den armen Glühwürmchen so was antun?«

»Vielleicht ist es ein Voodoo-Ritual«, meinte Raymond.

»Ja.« Es zeugte auf jeden Fall von Bösartigkeit. Aber ich sah keinerlei Puppen im Keller, weder Voodoo-Puppen noch irgendwelche anderen. »Wir haben zwar keine Beweise, aber Troy ist auf jeden Fall verdächtig.«

Etwas Kaltes, Nasses stupste mich am Arm. »Ahh!« Ich machte einen Satz und stieß einen Schrei aus.

»Miau!« Satan rieb sich an meinem Bein.

»Pssst!« Raymond presste mir die Hand auf den Mund, aber es war zu spät. Troy blickte schon zum Fenster hoch. Raymond und ich duckten uns weg. Satan miaute noch einmal, dann düste er zu Wendys Haus.

»Satan?« Troy stand auf und ging zum Fenster.

»Wir hauen besser ab«, flüsterte Raymond. Wir rannten ums Haus und durch den Garten bis zum Carroll Drive. Dort liefen wir langsamer und versuchten, uns normal zu verhalten, und nicht, als würden wir vor einem wahnsinnigen Leuchtkäfermörder davonrennen.

Wir schlenderten also lässig die Straße hinunter. Das Haus von Mr Jack war hell erleuchtet und es war laut, die Einfahrt war zugeparkt – das konnte nur eins bedeuten: Pokerabend. Neben dem Haus von Mr Jack war das Haus der Carters, das schon für den Unabhängigkeitstag dekoriert war: mit roten, weißen und blauen Wimpeln auf der Veranda, blauen Lichtern am Dach und in den Bäumen, einer riesigen amerikanischen Flagge und einem Mount Rushmore aus Plastik, der »America the beautiful« schmetterte. Im Garten stand ein lebensgroßer aufblasbarer Uncle Sam. Die Carters übertrieben es immer mit dem Schmücken. Ostern war am schlimmsten, überall standen dann irgendwelche pastellfarbenen Osterhasen und Eier herum.

Wir blieben vor einem niedrigen Backsteinhaus stehen. In jedem Fenster brannte Licht, aus dem Wohnzimmer plärrte Schmalzmusik.

»Hier wohnt David Serrano«, erklärte ich Raymond.

Wir rannten in den Schatten neben dem Haus und spähten durchs Wohnzimmerfenster hinein.

Mr und Mrs Serrano und zwei von Davids drei Schwestern – Claudia und DeeDee – tanzten eng aneinandergeschmiegt Tango.

Auf dem Küchentresen türmten sich um ein Aquarium mit vier Goldfischen (einer für jedes Serrano-Kind) Melonen, Pfirsiche und Bananen – Mr und Mrs Serrano haben einen Obststand auf dem Lexington-Markt. Von David war nichts zu sehen.

»Davids Zimmer ist im ersten Stock«, sagte ich. Die Tango-Musik war so laut, dass wir nicht zu flüstern brauchten. »Komm.«

An der Seitenwand des Serrano-Hauses war zwischen zwei Zimmern im Obergeschoss ein efeuberanktes Spalier angebracht. Es waren die Zimmer von David und seiner älteren Schwester Connie.

»Du bist leichter«, sagte ich. »Steig du hoch.«

Wie ein Äffchen kletterte Raymond das Spalier hinauf. Er beugte sich nach links und spähte durch das Fenster. Dann beugte er sich nach rechts und spähte in das andere Zimmer. Er deutete auf das rechte Fenster.

»Was macht er?«

Raymond kletterte das Spalier wieder hinunter. »Er tut gar nichts.«

»Wie meinst du das, er tut gar nichts? Er muss doch *irgendwas* tun.«

»Na ja, er sitzt an seinem Schreibtisch. Und liest.«

»Er liest? David Serrano?« Unmöglich. David war letztes Jahr in meiner Klasse gewesen. Er hasste Lesen. »Das muss ich mir anschauen.« Das Spalier wackelte, als ich daran hochkletterte. Da war er, saß mit Kopfhörern an seinem Schreibtisch und las ein sehr dickes Buch – ein Wörterbuch oder ein Lexikon oder irgendwas in der Richtung. Ich suchte das Zimmer nach Hinweisen auf bösartige Zaubersprüche ab: nach Puppen, Nadeln, Kräutern … konnte aber nichts Verdächtiges entdecken.

Es sei denn, man ließ die Tatsache gelten, dass David lesend an seinem Tisch saß – was allerdings hochgradig verdächtig war. Es war Sommer. Es waren Ferien. Warum las ein Junge, der Lesen hasste, plötzlich freiwillig?

Feriennachhilfe. Wenn jemand das nötig hatte, dann David Serrano.

Doch selbst bei Ferienkursen würde er nicht lernen.

Außer vielleicht, wenn es dabei um Voodoo-Zauber ging!

Aus Neugier beugte ich mich nach links und spähte in Connies Zimmer. Sie saß an einem Schminktisch und bürstete sich hingebungsvoll die Haare. Überall saßen Puppen herum, Dutzende von Puppen … aber es waren diese schicken Sammlerstücke, nicht solche, in die man Nadeln bohrte.

Ich kletterte nach unten, um mich mit Raymond

zu beraten. »Keine eindeutigen Hinweise auf Voodoo. Aber David bleibt trotzdem auf unserer Liste von Verdächtigen.«

»Wen nehmen wir uns als Nächsten vor?«, fragte Raymond.

Ich hätte gern gesagt, die Hexenfrau. Wenn sich jemand mit Voodoo auskannte, dann sie.

Aber ich traute mich nicht, das Raymond vorzuschlagen. Ich weiß nicht, was mich abhielt, vielleicht irgendeine Ahnung, dass es ihn verletzen würde.

Außerdem hatte ich auch eigentlich gar keine Lust, der Hexenfrau hinterherzuspionieren. Was, wenn sie mich erwischte? Dann würde sie *mich* verhexen.

»Was ist mit der Frau, die neben euch wohnt?«, fragte Raymond.

»Wendy? Die ist nett. Ich glaube nicht, dass sie irgendjemandem schaden will.«

»Jeder ist verdächtig«, sagte Raymond.

»Da hast du Recht. Lass uns weitermachen.«

Wir gingen zum Carroll Drive zurück, bogen links in die Western Street ein und näherten uns Paz' Haus. An der Rückwand bewegte sich ein Schatten.

Eine Fledermaus?

Ich blieb stehen.

Der Schatten stieg aus einem der Fenster und

machte danach einen Bogen um das Licht, das aus der Hintertür fiel. Jemand stahl sich aus Paz' Haus.

Ich duckte mich hinter ein geparktes Auto und zog Raymond ebenfalls runter. Der Schatten schlich aus dem Garten der Calderons und überquerte die Western Street. Pinkfarbene Shorts, ein Trägerhemd und lange dunkle Haare waren im Licht der Straßenlaterne zu erkennen. Es war Melina.

»Wo schleicht sie sich hin?«, überlegte ich laut.

»Komm, wir folgen ihr«, sagte Raymond.

Melina blieb vor dem Haus der Murphys stehen. Sie blickte sehnsüchtig zu einem Fenster im ersten Stock hoch, wie man es tut, wenn man sich bei einer herabfallenden Sternschnuppe etwas wünscht. Dann versteckte sie sich hinter einem Busch. Ich wartete, aber sie rührte sich nicht. Es war, als wäre sie verschwunden.

»Das ist ja komisch«, sagte Raymond. »Wir sind in geheimer Mission unterwegs und sie auch. Die Welt ist voller Spione.«

»Kip«, sagte ich. »Sie wartet bestimmt auf Kip.«

Kip Murphys Mustang stand nicht in der Einfahrt und das Licht in seinem Zimmer brannte auch nicht.

»Warum?«, fragte Raymond.

»Sie steht auf ihn. Siehst du das nicht? Wir haben gerade eines der Geheimnisse gelüftet. Sieht aus, als wäre ›Ich bin in Kip Murphy verknallt‹ Melinas Geheimnis.«

»Ja«, sagte Raymond. »Wenn ich nach Hause komme, klebe ich den Zettel unter ihr Bild.«

Am Ende der Straße war ein Dröhnen zu hören und Scheinwerfer blitzten auf. Kips Mustang bog mit quietschenden Reifen in die Einfahrt. Er ließ den Motor noch einmal aufheulen. Melina trat hinter dem Busch hervor und zupfte ihr Trägerhemd zurecht. Sie fuhr sich hastig mit den Händen durchs Haar, um sich zu vergewissern, dass keine Blätter darin hingen. Dann schlenderte sie den Gehweg hinunter auf die Einfahrt der Murphys zu, als käme sie gerade zufällig vorbei. La-la-la-la-la.

Kip stieg aus dem Auto. »Hey, Melina.«

»Kip! Ich war gerade noch ein bisschen spazieren. Und du?«

»Nichts Besonderes. War kurz beim Kiosk.«

»Jemanden getroffen?«

»Eigentlich nicht. Bis dann.«

»Tschüs, Kip.«

Kip sprang die vier Stufen zur Vordertür hoch und verschwand im Haus. Melina schlenderte langsam davon und ließ ihn nicht aus den Augen. Das Verandalicht ging aus. Das Licht in Kips Zimmer ging an. Sie blieb noch eine Weile an der Ecke stehen. Schließlich lief sie über die Straße und schlich sich wieder ins Haus.

»Ich sollte auch nach Hause gehen«, sagte ich. Manchmal sahen meine Eltern nach mir, während ich schlief. Ich hatte zwar einen Kissenberg unter meiner Decke zurückgelassen, damit es aussah, als würde ich schlafen, aber falls sie das Licht anmachten, würden sie sehen, dass ich weg war. Auf das Theater konnte ich verzichten.

»Aber wir haben das Voodoo-Geheimnis noch nicht gelöst«, sagte Raymond. »Hast du morgen wieder Zeit?«

»Morgen bin ich mit Paz zum Rollschuhlaufen verabredet. Wir üben eine Nummer für den Umzug am Unabhängigkeitstag.«

»Wie sieht's übermorgen aus?«

»Geht klar. Übermorgen planen wir den nächsten Spionageeinsatz. Ich hoffe nur, Paz überlebt den Fluch bis dahin.«

Wir besiegelten die Verabredung mit Handschlag. Raymond verschwand wie ein Schatten im Wald. Ich ging nach Hause und kroch ins Bett, niemand hatte was bemerkt.

Vermisst!

»Minty Fresh duckt sich weg und entgeht so dem Block von Pax A. Punch! Sie zieht vorbei und gewinnt!« Ich duckte mich unter Paz' ruderndem Arm hindurch und zischte an ihr vorbei.

»Ich hab es gar nicht richtig versucht.« Lustlos rollte Paz zu einer Bank am Rand.

Paz übte unsere Nummer nur halbherzig. Fast so, als sei ihr Roller Derby plötzlich egal.

»Paz, wir müssen üben. Der Umzug ist nächste Woche. Wenn wir keine Roller-Derby-Nummer haben, müssen wir unsere Fahrräder aufmotzen und mit Lennie und Hugo fahren und das ist doch echt Babykacke.«

»Der ganze Umzug ist Babykacke«, sagte Paz. »Findet jedenfalls Isabelle.«

»Isabelle.« Ich verschränkte die Arme. »Natürlich sagt *Isabelle* das.«

»Was soll das heißen?«

»Nichts.«

»Wir kommen nächstes Jahr auf die Middle School«, sagte Paz. »Wir müssen allmählich über unseren Ruf nachdenken. Wollen wir lieber zu den coolen Mädchen gehören, mit denen alle befreundet sein wollen? Oder zu den Losern, die bei einem Babyumzug Rollschuh laufen?«

»Roller Derby ist cool«, sagte ich.

»Für dich vielleicht.«

»Willst du etwa mit Roller Derby aufhören?«

Paz und ich waren begeisterte Roller-Derby-Läuferinnen, seit wir acht waren. Wir hatten in der Rollschuhbahn in Oella das ganze Jahr darauf hingearbeitet, endlich eine Nachwuchsmannschaft zu gründen. Und nun hatte Paz keine Lust mehr?

Worauf hatte sie sonst noch keine Lust mehr?

»Du kannst nicht mit Roller Derby aufhören«, sagte ich. »Du hast den perfekten Namen dafür! Pax A. Punch!« Ich liebte es, ihren Namen auszusprechen.

»Du kannst ihn haben«, sagte Paz. »Du kannst gern Pax A. Punch sein.«

»Aber ich heiße nicht Paz«, sagte ich. »Kapierst du es nicht? Es funktioniert nicht. Es ist nur lustig, wenn man Paz heißt.«

»Dann nenn dich doch Paz.« Sie band einen Rollschuh auf, dann hielt sie kurz inne, um sich die Nase zu reiben. »Meine Nase kribbelt wie verrückt. Keine Ahnung, ob ich einen Schnupfen kriege oder so.«

Vielleicht bekam sie eine Erkältung. Vielleicht war das aber auch wieder der Fluch.

Ich versuchte, nicht sauer auf Paz zu sein. Ich versuchte, mir vorzustellen, wie es sich anfühlte, wenn man verhext war. Wenn ich ständig Bauchschmerzen und Ausschlag und eine Kribbelnase hätte, wäre ich bestimmt auch grantig.

»Also lassen wir es sein?«, fragte ich. »Und laufen beim Umzug nicht mit?«

»Du kannst ja allein laufen, wenn du willst«, sagte Paz. Sie rückte ihre Haarspangen zurecht. Sie trug jetzt immer vier Silberspangen untereinander. »Lennie läuft garantiert mit dir, wenn du sie fragst.«

Wollte Paz mich etwa ihrer kleinen Schwester andrehen? Die Tatsache, dass Lennie Roller Derby mochte, war der Beweis, dass es Babykacke war.

Das Seltsame war, dass ich selbst dann beim Umzug mitlaufen wollte, wenn es Babykacke *war*. Ich hatte schon immer an der Parade teilgenommen. Früher hatte Mom Thea und mich in einem geschmückten Wagen die Straße hinuntergezogen. Später bin ich Thea auf meinem Dreirad hinterhergefahren. Und danach wickelten Paz und ich Luftschlangen in den Nationalfarben um unsere Fahrräder und fuhren mit allen anderen Kindern den Carroll Drive runter.

Warum sollte ich jetzt damit aufhören? Ich wollte noch nicht. Was sollte ich tun, wenn ich nicht beim Umzug mitlief? Einfach auf dem Gehweg stehen und zuschauen? Das kam mir so … langweilig vor.

Auf einmal fiel mir etwas Schreckliches ein.

»Was ist mit meiner Geburtstagsparty?«, fragte ich Paz.

»Was soll damit sein?«

Ich wurde am siebenundzwanzigsten August elf und hatte eine Rollschuhparty auf der Bahn geplant. Das wusste Paz ganz genau.

Sie war im Mai elf geworden und hatte so eine Art Blumenparty gefeiert. Damals hatte ich das nur komisch gefunden – es passte irgendwie überhaupt nicht zu Pax A. Punch – und vermutet, dass ihre Mutter sie dazu gezwungen hatte. Aber vielleicht war es ja auch ein Warnsignal gewesen. Vielleicht hätte ich es ernster nehmen sollen.

»Meine Mutter hat schon die Bahn gebucht«, erinnerte ich sie.

»Wer will denn im August Rollschuh laufen?«, fragte Paz. »Wenn ich im Sommer Geburtstag hätte, würde ich definitiv eine Poolparty feiern.«

»Aber ich habe keinen Pool«, wandte ich ein. »Und du auch nicht.«

»Natürlich im Rollingwood-Schwimmbad, du Schaf. Man kann einen Grillplatz reservieren und abends dort feiern, mit DJ und Tanzen und allem Drum und Dran. Wir könnten uns für die Party neue Badeanzüge kaufen!«

»Ja, das könnte vielleicht ganz lustig sein«, sagte ich.

»Sag doch deiner Mutter, dass du's dir anders überlegt hast«, drängte Paz. »Du hast doch noch Zeit.«

»Gut«, sagte ich. »Dann laufen wir also nicht weiter?«

»Nein«, sagte Paz. »Lass uns nach Hause gehen.«

Ich zog meine Rollschuhe aus und wir liefen zur Woodlawn Road zurück. Vor Wendys Haus herrschte Aufregung. Lennie, Hugo, Casey und Kip standen um Wendy herum, die weinte.

»Phoebe ist verschwunden! Sie läuft nie weg. Jemand muss sie gestohlen haben!«

»Wir haben schon die ganze Nachbarschaft abgesucht«, erzählte mir Kip.

»Wir konnten sie nirgendwo finden«, sagte Hugo.

»Aber wir haben das hier gefunden.« Lennie hielt ein Büschel weißer Haare in die Höhe. »Hing an dem Zweig dort.« Sie deutete auf einen Busch in Wendys Garten.

»Was soll ich ohne Phoebe tun?« Wendy weinte immer mehr. »Es ist so einsam ohne sie.«

»Wir werden sie schon finden«, sagte Kip.

»Hier wird in letzter Zeit aber eine Menge gestohlen«, sagte Paz. »Mein Ausweis ist auch weg.«

Schluck. Mir war noch immer nicht eingefallen, wie ich ihn ihr zurückgeben konnte, ohne mein Versprechen Raymond gegenüber zu brechen. Sie brauchte ihn sowieso nicht mehr, sie hatte schließlich einen neuen bekommen.

»Ich habe letzte Woche nachts jemanden in unserer Garage gehört«, berichtete Kip. »Er ist weggerannt, bevor ich ihn sehen konnte, aber eine Kiste stand offen und auf dem ganzen Garagenboden lagen alte Bilder herum.«

Raymond hat wieder zugeschlagen.

»Und dann war da noch dieses Blitzen im Wald!«, sagte Lennie. »Vor einer Woche oder so, weißt du noch?«

Das war auch Raymond gewesen. Aber Phoebe würde er nicht stehlen. Was sollte er mit einer Katze? Es sei denn …

… es sei denn, die Hexenfrau brauchte die Katze für eine Verwünschung. Und Raymond half ihr.

»Was ist mit dem Fledermausmann?«, fragte Lennie. »Er frisst Katzen!«

Wendys Gesicht färbte sich grau.

»Psst! Du dumme Nuss!« Paz trat Lennie gegen das Schienbein. »Den Fledermausmann gibt's nicht!«

»Das behauptest du!«, sagte Lennie.

»Wir werden Phoebe schon finden«, sagte ich. »Mach dir keine Sorgen, Wendy.«

Raymond hatte ein paar Sachen gestohlen. Aber er würde keine Katze entführen.

Wirklich nicht?

Die neugierige Babysitterin

Am nächsten Tag holte ich das erste Geheimnis, das über den Goldfisch, aus meiner Schatztruhe. Ich hatte beschlossen, dass es ebenfalls in Raymonds Buch gehörte. Wenn wir herausfanden, von wem es war, konnten wir es unter das passende Foto kleben.

Auf dem Weg zu Raymond hielt ich am Geheimnisbaum an, wo ich einen neuen Zettel fand:

Wenn ich babysitte, schnüffle ich in den Schubladen und Schränken der Eltern herum, sobald die Kinder schlafen.

Interessant. Sowohl Melina als Thea passten abends manchmal auf Kinder auf. Es gab aber auch noch andere Babysitter im Viertel, zum Beispiel Isabelles älteren Bruder, Martin, und die alte Mrs Humm, die früher auf Thea und mich aufgepasst hatte. Sie war so alt, dass ich immer Angst gehabt hatte, sie würde bei uns zu Hause sterben, und was hätten wir dann tun sollen? »Das ist schlimmer, als allein zu Hause zu sein!«, hatte sich Thea beschwert, aber Mom und Dad holten Mrs Humm trotzdem. Ihnen war eine »erwachsenere« Aufpasserin lieber.

Bei Thea konnte ich mir vorstellen, dass sie in fremden Schränken herumschnüffelte. Aber ich war besser ganz still. Schließlich entwickelte ich mich immer mehr zur Oberschnüfflerin in unserem Viertel.

In diesem Punkt waren Thea und ich uns ähnlich: Neugier. Ich fand es spannend herauszufinden, wie andere Leute lebten. Wie war es, älter zu sein als ich, ein Teenie oder ein Erwachsener? Es war wie ein Blick in meine eigene Zukunft.

Und nun fand ich all diese Geheimnisse, die mir zeigten, was andere auf dem Herzen hatten – und hätte so gern herausgefunden, zu wem sie gehörten.

Ich nahm das neue Geheimnis mit zu Raymond und drückte auf die Klingel. Es erklang ein schallendes *Ding-dong-ding-dong …*

Raymond spähte durchs Fenster, dann ließ er mich herein. Ich suchte das Haus sofort nach Anzeichen von Phoebe ab – weißes Fell, Spuren von Katzenstreu, diesen ganz speziellen Katzengeruch. Doch statt Katze roch ich etwas völlig anderes. Einen Raymond-Geruch: Erdnussbutter, Papier, Klebstoff und Cola, durchmischt mit nasser Erde.

Ich zog die Zettel aus meiner Hosentasche. »Ich hab noch ein Geheimnis für deine Sammlung. Und außerdem hab ich noch ein neues gefunden.«

Raymond las die Geheimnisse und schlug dann sein Notizbuch auf. Unter dem Polaroid von Melina klebte *Ich bin in Kip Murphy verknallt.* Daneben war ein Schulfoto von Kip. (Was wohl Kips Geheimnis war?)

»Was glaubst du, wer der schnüffelnde Babysitter ist?«, fragte Raymond.

»Mir fallen vier Möglichkeiten ein«, sagte ich. »Erstens: Mrs Humm. Aber sie ist eine alte Dame und ich glaube, sie passt gar nicht mehr auf Kinder auf. Zweitens: Martin Barton, Isabelles Bruder. Er wohnt ganz oben am Carroll Drive.«

»Gut.« Raymond schrieb die Namen in sein Buch. »Wer noch?«

»Melina und Thea«, sagte ich. »Thea passt heute Abend bei den Carters auf.«

»Dann werden wir sie beim Schnüffeln erwischen!«, sagte Raymond.

»Aber wie.« Ich öffnete den Kühlschrank, um selbst ein bisschen herumzuschnüffeln. Nichts außer einer Dose Cola und einem Päckchen Mortadella. Ich öffnete einen der Küchenschränke. Kein Katzenfutter. »Wo ist das Bad?«

»Hier.« Raymond öffnete eine Tür, die von der Küche abging.

Ich ging die Treppe hoch. »Ich geh lieber oben. Da bin ich ungestörter.«

»Mmh – von mir aus.« Er folgte mir die Treppe hinauf.

»Wenn du mitkommst, bin ich nicht ungestört.«

»Ich will dir zeigen, wo es ist. Und danach zeig ich dir die anderen Zimmer.«

»Oh. Okay.«

Er führte mich durch das Elternschlafzimmer in ein pompöses Badezimmer mit einer großen runden Wanne. »Ich warte in meinem Zimmer auf dich«, sagte er.

»Welches ist dein Zimmer?«, fragte ich.

»Das mit den Booten.«

Ich schloss die Tür und ließ Wasser laufen, damit es klang, als würde ich pinkeln. Als genug Zeit vergangen war, kam ich wieder heraus. Ich schaute in einen Schrank. Er war so riesig, dass er ein eigenes Zimmer hätte sein können. Phoebe war nicht darin. Ich suchte das Doppelbett nach Katzenhaaren ab, fand aber keine. Dann setzte ich mich aufs Bett.

Das Bett war hart. Sehr hart.

So hart, dass es scharfe Kanten hatte.

Raymond kam herein. Ich schaute unter die Überdecke. Es war gar kein richtiges Bett, sondern bloß ein Holzkasten, der unter einer Überdecke und Kissen versteckt war. »Schläfst du auf diesem Ding?«

»Das ist kein richtiges Bett. Der Teppich ist bequemer.« Er klopfte auf den Teppichboden.

»Oh.«

»Das ist ein Musterhaus. Damit man sich vorstellen kann, wie die anderen Häuser später aussehen.«

»Eine Art Beispiel?«, sagte ich.

Raymond nickte. »Ich glaub allerdings nicht, dass sie die Häuser je zu Ende bauen werden. Komm, ich zeig dir die anderen Zimmer.«

Raymonds Zimmer war blau gestrichen, es hatte Etagenbetten und Bootsbilder an den Wänden.

»Warum hast du denn nicht das große Zimmer genommen?«, fragte ich.

»Das ist für die Eltern. Ich hab das für Jungs genommen. Du kannst das andere haben, wenn du willst.« Er führte mich in ein drittes Zimmer mit rosafarbenen Wänden und einem Himmelbett – das absolute Klischee eines Mädchenzimmers. Aber mir gefiel die breite Fensterbank.

»Kann ich das Rosa mit Roller-Derby-Postern zukleben?«, fragte ich.

»Was du willst. Es ist deins.«

»Gut, ich nehm es.« Ich setzte mich auf das Himmelbett, das allerdings genauso ein harter Holzkasten war wie das Elternbett. Von der Fensterbank konnte man gut in den ersten Stock des Hexenhauses schauen. Aus dieser Perspektive hatte ich es noch nie gesehen. Eine Glasscheibe des Dachfensters war zerbrochen, ein Fensterladen war aus der Angel gerissen und es fehlten ein paar Dachziegel. Es sah düster und dreckig und verwahrlost aus.

Auf einer Leine neben dem Haus hingen einige Kleider zum Trocknen: eine Frauenjeans, zwei Frauenblusen, außerdem ein paar T-Shirts in Raymond-Größe und zwei Jungsunterhosen.

Im Dachfenster blitzte für eine Sekunde etwas Weißes auf. Meine Muskeln spannten sich an. »War das eine Katze?«

»War was eine Katze?«, fragte Raymond.

Doch das weiße Ding war schon nicht mehr zu sehen.

»Wendys Katze ist verschwunden«, erklärte ich ihm. »Ich dachte, vielleicht war sie das im Fenster … da drüben.«

Raymond kam ans Fenster und blickte hinaus. »Da drüben gibt es keine Katze.«

»Woher willst du das wissen?«

»Weil ich … dort hingehe, manchmal.«

Aha! Er war also doch irgendwie mit der Hexenfrau verwandt. »Du gehst dorthin?«

Er bemerkte meinen Blick auf die Wäsche. »Sie wäscht meine Kleider. Aber ich wohne hier.«

»Nein, tust du nicht«, sagte ich. »Hier wohnt niemand.«

»*Ich* wohne hier. Im Keller steht eine Waschmaschine, aber die ist nicht angeschlossen.« Sein Gesicht hatte plötzlich etwas Gequältes, als hätte er sich gerade den Musikantenknochen gestoßen.

»Wer ist sie?«, fragte ich. »Die Frau dort drüben?«

Nun sah Raymond beinahe misstrauisch aus. »Bloß eine Frau. Lass uns über was anderes reden.« Er drehte dem Fenster den Rücken zu. »Du könntest mal bei mir übernachten. Du schläfst in deinem Zimmer und ich in meinem.«

»Aber … das sind doch gar keine richtigen Betten.«

»Ist doch egal. Wir können Schlafsäcke auf den Boden legen. Hast du einen Schlafsack?«

»Ja.«

»Hast du auch noch einen für mich?«

»Du kannst den von meiner Schwester haben. Ich glaube allerdings nicht, dass meine Mutter mir erlaubt, hier zu übernachten.«

»Sag einfach, du schläfst bei Paz. Und dann schleichst du dich hierher.«

»Ja. Gut. Mal sehen.« Um nichts in der Welt würde ich die Nacht auf dieser Seite des Waldes verbringen – wo die Hexenfrau wohnte und vielleicht auch der Fledermausmann!

»Wir müssen den Spionageeinsatz für heute Abend noch planen.« Wir gingen wieder nach unten, weil Raymond behauptete, er könne dort besser denken. Er setzte sich in den Fernsehsessel und klappte die Fußstütze aus. Dann lehnte er sich mit einem »Ahhhh« zurück, zog die Fußstütze wieder ein, dann wieder aus. »Ahhh.«

»Hör auf damit. Das nervt total.«

»Entschuldigung.« Er nahm die Mundharmonika und spielte ein Lied. Nach ein paar Takten erkannte ich »On Top of Old Smoky«.

»Das war ziemlich gut«, sagte ich, als er aufhörte.

»Bring doch nächstes Mal deine Mundharmonika mit, dann können wir zusammen spielen.«

»Ich hab keine.«

»Schade«, sagte Raymond. »Jeder braucht eine Mundharmonika. Sie ist wie eine Freundin, die dich überallhin begleitet.«

»Vielleicht.«

Er spielte »You Are My Sunshine«. Es klang sehr hübsch.

»Vielleicht wünsche ich mir eine Mundharmonika zum Geburtstag«, sagte ich. »Ich werde im August elf.«

»Es ist erst Juni«, sagte Raymond. »Bis August ist es noch lange.«

»Heute ist der erste Juli«, klärte ich ihn auf. »Bis August ist es nur noch ein Monat.«

»Ein Monat ist aber eine lange Zeit.« Er legte sich verkehrt herum in den Fernsehsessel, den Kopf auf die Fußstütze und die Füße auf das Kopfpolster, und spielte »Frère Jacques«.

»Feierst du eine Geburtstagsparty?«, fragte er. »Wenn du elf wirst?«

»Ja – eine Rollschuhparty. Auf der Rollschuhbahn. Willst du auch kommen?«

»Ich darf nicht zur Rollschuhbahn«, sagte er.

»Warum nicht?«

»Man könnte mich dort sehen.«

»Aber als du neulich Paz' Ausweis gestohlen hast, warst du doch auch dort«, wandte ich ein.

»Stimmt – aber in meinen Tarnkleidern. Du hast selbst gesagt, dass du mich nicht gesehen hast. Aber ich kann da nicht Rollschuh laufen gehen. Ich verstecke mich.«

»Vor wem?«

»Das ist ein Geheimnis.« Er spielte noch einmal »Frère Jacques«. »›Frère Jacques‹ klingt richtig gut, wenn man es zu zweit spielt, wie einen Kanon. Es wäre schön, wenn du auch eine Mundharmonika hättest.«

»Selbst wenn ich eine hätte, wüsste ich nicht, wie man darauf spielt.«

»Ich kann es dir beibringen.«

»Du kannst mir dein Geheimnis verraten«, sagte ich. »Ich erzähl es nicht weiter.«

Statt einer Antwort spielte er »Row, Row, Row Your Boat«. Als er fertig war, sagte er: »Lass uns lieber unseren Spionageeinsatz planen.«

»Okay.« Ich gab es auf, ihn nach seinem Geheimnis zu fragen – vorläufig. »Thea geht um sieben zu den Carters. Aber es wird erst gegen neun dunkel. Ich muss um halb zehn ins Bett, dann kommen meine Eltern zum Gute-Nacht-Sagen hoch. Danach kann ich mich wegschleichen.« Ich zögerte. »Kannst du um zehn vor dem Haus der Carters auf mich warten?« Zehn war schrecklich spät.

Raymond sagte: »Wenn du willst, kann ich dich auch um Mitternacht treffen.«

»Zehn ist gut«, sagte ich. »Wenn wir unterwegs sind, können wir auch gleich nach Wendys Katze Ausschau halten.«

»Okay.«

Ich achtete darauf, ob sein Gesicht bei dem Wort *Katze* schuldbewusst zuckte, aber er zeigte keinerlei Regung. Entweder war er unschuldig oder er war der beste Lügner der Welt. Oder vielleicht sogar beides.

Ertappt!

An diesem Abend trug Raymond wieder seine übliche Tarnkleidung. Ich zog mich ganz schwarz an und verdeckte mein Gesicht mit einer schwarzen Skimaske. Sich bei all den blinkenden roten, weißen und blauen Lichtern im Vorgarten der Carters zu verstecken, war schwierig, auch wenn der trällernde Plastik-Mount-Rushmore bestimmt gut Deckung gab. Aber Raymond ich gingen lieber auf Nummer sicher und schlichen uns von hinten ans Haus heran.

Es war nach zehn, Tessie und Bo Carter schliefen also schon. Aus dem Küchenfenster schimmerte Licht. Ich spähte hinein. Die Küche war aufgeräumt und verlassen.

Nebenan im Wohnzimmer saß Thea im flackernden graublauen Licht vor dem Fernseher und löffelte Eis direkt aus der Packung.

»Sie verteilt ihre ganzen Bazillen in der Eiscreme!«, flüsterte ich. »Die Carters bekämen die Krise, wenn sie das wüssten!«

»Soll ich ein Foto machen?« Raymond hob seine Polaroid-Kamera hoch.

»Noch nicht.« Eis aus der Packung zu essen, war nicht das Verbrechen, dem wir auf der Spur waren. Wir mussten Thea beim Schnüffeln erwischen.

Wir duckten uns unter dem Fenster vorbei und warteten.

Endlich stand Thea auf. Sie ging in die Küche. Sie räumte das Eis weg. Dann ging sie ins Wohnzimmer zurück und sah weiter fern.

»Wann kommen die Carters nach Hause?«, fragte Raymond.

»Ich weiß nicht. Spät vermutlich.«

Als die Zeit verging und Thea nichts anderes tat, als fernzusehen, wurde Raymond unruhig. Thea beim Fernsehen zuzuschauen, war extrem langweilig. Von unserem Versteck aus konnten wir nicht mal die Show sehen.

»Ich muss pinkeln«, flüsterte Raymond.

»Und?«

»Ich muss wirklich pinkeln.«

»Ja und?«

»Und ich werde an den Baum da pinkeln.«

»Nein! Das ist ungerecht.«

»Warum?«

»Ich muss auch pinkeln.«

»Dann pinkel doch.«

»Nein – ich kann nicht. Kapierst du es nicht? Ich bin ein Mädchen. Ich kann nicht einfach an einen Baum pinkeln.«

»Warum nicht?«

»Das hat mit Biologie zu tun, du Blödmann.«

»Und was hat das mit mir zu tun?«

»Wenn ich nicht pinkeln kann, darfst du auch nicht.«

»Wie? Das ist ungerecht.«

»Nein – es ist ungerecht, dass du pinkeln kannst und ich nicht.«

»Ist mir egal, was du sagst – ich geh pinkeln.«

Raymond schlenderte auf den großen Baum hinten im Garten zu.

Ich hörte ihn pinkeln. Das war so was von ungerecht.

Im Wohnzimmer war plötzlich Bewegung. Thea war aufgestanden. Sie ging den Flur zu den Schlafzimmern hinunter.

Das Haus der Carters war ein Bungalow, es gab nur das Erdgeschoss und einen Keller, Spionieren war also einfach.

»Raymond!«, flüsterte ich ziemlich laut. »Sie bewegt sich.«

»Moment!« Er pinkelte immer noch. Er hatte nicht gelogen, als er meinte, er müsse dringend.

Ich schlich im Schatten der Ziegelwand zu den Schlafzimmern. Am anderen Ende des Hauses ging ein Licht an.

»Raymond! Beeil dich!«

Raymond kam angerannt. »Was ist das für ein Zimmer?«

»Ich denke, es ist das Elternschlafzimmer.«

Das Fenster war ein bisschen zu hoch für mich, um hineinzuspähen. »Ich brauch was zum Draufsteigen«, sagte ich. »Heb mich hoch, damit ich sehen kann, was sie tut.«

»Du bist größer als ich«, sagte Raymond. »Warum hebst du *mich* nicht hoch?«

»Sie ist meine Schwester. Also hebst du mich hoch.«

Für den Fall, dass Thea zufällig in meine Richtung sah, zog ich die Skimaske über. Ich wollte nicht, dass sie mich erkannte. Raymond verschränkte die Finger und machte eine Räuberleiter. Ich hielt mich an seiner Schulter fest und stieg auf seine Hände. Stöhnend versuchte er, mich hochzuheben.

»Puh! Bist du schwer!«

»So schwer nun auch wieder nicht«, sagte ich. »Du bist bloß schwach.«

Ich umklammerte das abbröckelnde Backsteinsims und spähte in das Zimmer. Thea saß auf dem großen Doppelbett. Aber sie schnüffelte nicht herum – noch nicht. Sie blätterte in einer Illustrierten.

»Was macht sie?«, fragte Raymond. Seiner Stimme war anzuhören, wie sehr es ihn anstrengte, mich hochzuhalten.

»Liest eine Illustrierte.«

»Kann ich dich jetzt runterlassen?«

»Nein!«

Doch seine Hände gaben nach und ich stürzte ab. Ich ruderte mit den Armen und schlug dabei versehentlich gegen das Fenster. Für den Bruchteil einer Sekunde drückte sich mein Gesicht mit der Skimaske gegen die Scheibe. Thea blickte auf – und sah mich.

Sie schrie.

Ich fiel auf den Boden. »Lauf!«

Raymond und ich flitzten aus dem Garten. Wir blieben erst stehen, als wir ein gutes Stück im Wald waren.

Der Fledermausmann!

Ich kletterte den Baum hoch und kam gerade noch rechtzeitig in mein Zimmer zurück, bevor Mom aufgeregt hereingestürzt kam, um nach mir zu sehen.

»Minty? Bist du wach?«

»W-was?« Ich setzte mich auf und rieb mir die Augen, als hätte ich geschlafen.

»Alles in Ordnung hier?«, fragte Mom.

»Klar. Warum? Was ist denn?«

»Hast du nicht gehört, wie Thea bei den Carters vor ein paar Minuten geschrien hat? Dein Vater und ich haben es bis hierher gehört.«

Ups. »Schreien? Na ja, euer Zimmer geht ja auch in die Richtung und meines zur Straße …« Ich hörte mich drauflosplappern und merkte, dass ich herumschwafelte wie jemand, der was zu verbergen hat. »Was ist passiert?«

»Dein Vater ist gerade drüben bei den Carters. Thea scheint das Gesicht eines Einbrechers im Fenster gesehen zu haben.«

»Einbrecher? Wie sah sie aus?«

»Sie?«

»Ich meinte, er. Er oder sie. Woher soll ich das wissen.«

»Er trug eine Maske, deshalb konnte Thea sein Gesicht nicht sehen. Vermutlich kann es auch eine Frau gewesen sein ... Theas Schrei hat ihn auf jeden Fall vertrieben. Dein Vater hat gerade angerufen, um mir Bescheid zu geben, dass alles in Ordnung ist.« Sie ging durchs Zimmer und schloss mein Fenster. »Ich weiß, es ist angenehm kühl heute Nacht, aber wir schalten lieber die Klimaanlage an. Wenn ich daran denke, dass vielleicht jemand versucht einzusteigen, bekomme ich sonst kein Auge zu!«

Ich hatte ein schlechtes Gewissen, dass ich alle in solche Aufregung versetzt hatte. Aber wie sehr sich alle fürchteten, wurde mir erst am nächsten Tag klar.

»Es war der Fledermausmann«, sagte Lennie. »Er muss es gewesen sein. Die Beschreibung passt haargenau.«

Ich saß mit Lennie, Paz, Melina und Thea im Keller der Calderons. Melina klimperte träge auf ihrer Gitarre herum und behielt Hugo und Robbie im Auge, die eine Lego-Festung bauten.

»Es sah aber nicht wie eine Fledermaus aus«, sagte Thea. »Sondern wie ein Mensch.«

»Genau so sieht der Fledermausmann aber aus«, sagte Lennie. »Er hat den Kopf und den Körper eines Menschen, aber dazu Fledermausflügel! Voller Schleim. Du hast die Flügel vielleicht nicht gesehen, aber sie waren bestimmt da. Sich gegen Fenster zu drücken, ist auf jeden Fall genau seine Masche!«

Lennie schauderte. Ich schauderte ebenfalls. Allerdings aus ganz anderen Gründen.

»Ich lass das Fenster nicht mehr offen«, fügte Lennie hinzu. »Von nun an heißt es für den Rest des Sommers Klimaanlage. Jetzt, wo wir sicher wissen, dass er da draußen lauert …«

»Wir wissen überhaupt nichts sicher«, spottete Paz. »Vielleicht war es bloß irgendein Kind, das Thea einen Streich gespielt hat. Es könnte einer der Fieslinge gewesen sein.«

»Ja«, sagte ich. »Babysitter zu erschrecken, würde zu Troy und David passen.«

»Aber was ist mit den Dingen, die in letzter Zeit verschwunden sind?«, fragte Paz. »Wie mein Ausweis und Kips Bilder und Wendys Katze … Ich glaube, hier im Viertel ist ein Herumtreiber unterwegs.«

»Ein Herumtreiber?«, fragte ich. »Du hast zu viele Krimis gesehen, ha-ha, ha-ha.«

Paz musterte mich lange und misstrauisch. Ich konnte ihr nicht in die Augen blicken.

»Hey, hört euch mal mein neues Lied an.« Melina spielte eine eingängige Melodie auf der Gitarre und sang dazu:

»Hey, hey, toller Tag, endlich ist der Sommer da,
Komm, Babe, sag Hurra, ist die beste Zeit im Jahr.
Das wird eine Wonne, am Himmel scheint die Sonne,
Sommer ist das Beste, Sommer ist das Beste,
Yeah, yeah, yeah, yeah …«

Sie stand auf, tanzte mit ihrer Gitarre herum und sang immer wieder »Yeah, yeah, yeah, yeah«. Ich sah Paz an und Paz sah mich an. Sie verdrehte die Augen. Das war das Signal.

Wir sprangen auf und fingen an, um Melina herumzutanzen, dabei sangen wir immer lauter und verrückter »Yeah, yeah, yeah, yeah!«. Nach einer Weile fielen auch Lennie, Hugo und Robbie ein.

»Lasst das!« Melina hörte zu spielen auf, aber wir anderen sangen und tanzten weiter, bis Awa von oben rief: »Paz! Telefon!«

Melinas Gesicht war rot vor Wut. Thea legte ihr

den Arm um die Schultern. »Geschwister. Ich weiß genau, wie du dich fühlst.«

»Paz!«, rief Awa noch einmal.

»Das ist Isabelle.« Paz rannte zur Treppe und trat barfuß auf einen Legostein. »Autsch!« Als sie zurückzuckte, stieß sie sich am Sofa, dann stolperte sie über einen ganzen Haufen Legosteine –

»Aua!« Sie stürzte zu Boden und umklammerte ihren Knöchel. »Mein Fuß! Ich bin irgendwie komisch –« Sie verzog das Gesicht vor Schmerz. »Ich glaube, ich habe eine Zerrung.«

»Lass mal sehen.« Thea nahm Paz' Fuß und bewegte ihn vorsichtig hin und her. »Tut das weh?«

Paz quietschte. »Aua! Ja! Das tut weh!«

»Wir holen lieber Dad«, sagte Thea.

Ich rannte die Straße zur Villa Mortimer hinunter. Zum Glück hatte Dad an diesem Nachmittag keinen Dienst. Ich erzählte ihm, was passiert war, und wir gingen zum Haus der Calderons zurück. Paz lag auf dem Boden, Awa hielt einen Eisbeutel auf ihren Knöchel.

»Alles gut, alles klar, Doktor M. ist ja schon da.« Wenn sich jemand verletzt hatte, machte Dad immer Witze, um denjenigen zu beruhigen. »Dann wollen wir uns das mal anschauen.«

Er schob den Eisbeutel weg und tastete Paz' Fuß und Knöchel ab. Ihr Knöchel war mittlerweile angeschwollen. »Sieht aus, als hättest du ihn dir verstaucht«, sagte Dad. »Ist aber nicht so schlimm. Nichts gebrochen oder so. Ich hole Verbandszeug und bandagiere ihn. Du wirst eine Weile humpeln, Paz. Vielleicht ein paar Wochen.«

»Was ist mit dem Umzug am Unabhängigkeitstag?«, fragte ich. Ich hoffte immer noch, dass Paz ihre Meinung ändern und doch mit mir bei der Parade Rollschuh laufen würde. Aber es waren nur noch zwei Tage bis dahin.

»Rollschuhlaufen kannst du vergessen«, sagte Dad. »Falls jemand sie im Wagen ziehen möchte, das ist in Ordnung.«

»Was?«, fragte Paz. »Ich fahre doch nicht in einem Wagen rum. Ich seh lieber nur zu.«

»Kluge Entscheidung«, sagte Dad. Er half Paz, in ihr Zimmer hochzuhumpeln, und befahl ihr, den geschwollenen Knöchel mit Eis zu kühlen und möglichst oft hoch zu lagern.

»Ich hatte so viel Pech in letzter Zeit«, beklagte sich Paz. »Erst die rätselhaften Bauchschmerzen, dann wird mein Ausweis gestohlen, dann der Ausschlag … und vor ein paar Tagen juckte meine Nase wie verrückt. Jetzt das. Warum passieren all diese blöden Sachen ausgerechnet mir?«

»Der Fluch des Fledermausmanns«, sagte Lennie.

Sie hatte Recht. Der Fluch funktionierte – und wurde immer schlimmer.

Ein Geschenk von Raymond

Ich fragte Mom, ob ich an meinem Geburtstag statt Rollschuhlaufen eine Grillparty im Schwimmbad feiern könne. »Paz' Knöchel ist total geschwollen«, sagte ich. »Sie kann bei meiner Party vielleicht immer noch nicht laufen! Und was soll das dann alles?«

»Du willst das jetzt noch ändern?« Mom sah genervt aus. »Aber wir haben schon eine Anzahlung bei der Rollschuhbahn geleistet. Die ist nicht *rückerstattungsfähig*.« Sie umarmte mich, doch ich presste meine Arme an den Körper und erwiderte ihre Umarmung nicht. Ich wollte nicht umarmt werden. »Mach dir keine Sorgen, Paz' Knöchel ist bis dahin bestimmt wieder in Ordnung. Und wenn nicht, kann sie sich trotzdem bei der Party amüsieren.«

»Wie denn? Wie soll sie Spaß bei einer Rollschuhparty haben, wenn sie nicht Rollschuh laufen kann?«

»Nun, sie kann Pizza und Kuchen essen …«

»Super.« Ich schmollte. »Eine Rollschuhparty ist sowieso Babykacke. Mit elf ist man zu alt dafür.«

»Seit wann denn das? Du fährst doch so gern Rollschuh. Ich dachte, du wolltest richtig Derby laufen.«

»Wollte ich auch, aber –« Ich wollte nicht darüber reden. »Und wir können das ganz sicher nicht mehr ändern?«

»Tut mir leid, Süße. Wenn du möchtest, kannst du nächstes Jahr eine Grillparty feiern.«

Nächstes Jahr, wenn ich zwölf wurde. Wer weiß, was dann war? Wer weiß, ob Paz und ich dann überhaupt noch Freundinnen waren?

Wenn ich eine Babykacke-Party machte, die Paz total doof fand, wären wir vielleicht am Ende des Sommers schon keine Freundinnen mehr. Im Moment hatte ich so ein Gefühl.

»Hier ist das heutige Geheimnis.« Ich zeigte Raymond, was ich unterwegs im Geheimnisbaum gefunden hatte. »Es ist ziemlich seltsam.«

Ich sabotiere heimlich Dads Diät-Shake, indem ich Sahne und Zucker hineinschütte. Er sagt

ständig, dass er es nicht fassen kann, wie gut so ein Diät-Shake schmeckt! Und wundert sich, warum er nicht abnimmt. Aber ich will nicht, dass er dünner wird. Ich habe meine Gründe.

»Teuflisch«, sagte Raymond. »Wer hat denn einen richtig dicken Vater?«

Ich blätterte das Geheimnisbuch durch. Mittlerweile besaß Raymond von fast jedem in der Nachbarschaft ein Bild. Offenbar war er ohne mich losgezogen und hatte fotografiert. »Es gibt fünf Väter, die auf Diät sein könnten: Mr Jack, Mr Rogers, Mr Serrano, Mr Kendall und Mr Murphy.«

»Mr Jack hat eine Riesenwampe«, bemerkte Raymond.

»Gewaltig«, stimmte ich zu. »Aber seine Kinder sind schon erwachsen. Sie leben gar nicht mehr hier.«

»Kommen sie manchmal zu Besuch?«

»Manchmal«, sagte ich. »Aber wie sollen sie seine Diät-Shakes sabotieren, wenn sie nicht mit ihm zusammenleben?«

»Da hast du Recht. Nächster.«

»Mr Rogers und Mr Murphy sind auch ganz schön rund. Ich habe gesehen, dass Mr Kendall Diet Coke gekauft hat.« Mr Kendall war Lydias Vater. »Und David Serranos Vater ist auch eher dick. Außerdem schreit er David immer an, dass er so langsam ist. Ich könnte mir vorstellen, dass David seine Diät aus purer Fiesheit vereitelt. Oder aus Rache.«

»Lass uns heute Abend die Murphys ausspionieren«, schlug Raymond vor. »Die Rogers und Serranos haben wir schon beobachtet.«

»Okay«, sagte ich. »Aber wir müssen vorsichtig sein. Alle haben Angst, dass ein Herumtreiber hier unterwegs sein könnte. Wir dürfen uns nicht erwischen lassen.«

»Werden wir nicht.« Raymond begann ein Lied auf seiner Mundharmonika, aber plötzlich hörte er auf zu spielen. »Hey – ich hab noch ein Geschenk für dich.«

»Ein Geschenk für mich?« Ich konnte mir nicht vorstellen, was das sein sollte. Soweit ich wusste, hatte Raymond kein Geld. »Was denn?«

Er reichte mir ein kleines Päckchen, das in eine Seite aus einem Comic eingewickelt war. *FÜR MINTY* stand darauf. *VON DEINEM BESTEN FREUND RAYMOND.*

Ich zögerte. Ich betrachtete Raymond nicht als meinen besten Freund. Aber was sollte ich sagen? Er hatte ein Geschenk für mich.

»Pack es aus«, drängte er.

Ich wickelte das Päckchen aus. Darin lag eine glänzende silberne Mundharmonika.

»Damit wir zusammen spielen können«, sagte er.

Ich legte die Mundharmonika an die Lippen und blies einen Ton. Er klang froschähnlich und süß und wunderbar.

»Danke, Raymond.«

»Gefällt sie dir?«

»Ich finde sie toll!«

Er zeigte mir, wie man eine Tonleiter spielte, wie man mit derselben Öffnung unterschiedliche Töne erzeugen konnte, indem man Luft hineinblies oder daran saugte, und wie ich meine Finger halten musste, um nur die Töne zu spielen, die ich spielen wollte. Dann brachte er mir »Frère Jacques« bei. Bald spielten wir es im Kanon. Es klang wirklich gut.

Da die Diät-Sabotage mit großer Wahrscheinlichkeit in der Küche stattfand, fingen wir dort an. Ich war völlig schwarz angezogen und trug meine Skimaske. Raymond hatte wie gewöhnlich seine Tarnklamotten an.

Auf Zehenspitzen schlichen wir in den Garten der Murphys. Da sich ihre Küche auf der Rückseite befand, liefen wir ums Haus herum. Plötzlich blieb Raymond wie angewurzelt stehen.

»Was?«, flüsterte ich. »Komm weiter!«

»Hier ist noch jemand«, murmelte Raymond. »Da drüben.«

Im dunklen Gebüsch neben dem Haus bewegte

sich etwas. War es ein Hund? War es ein Herumtreiber? War es … der Fledermausmann?

Ich konnte bloß einen dunklen Kopf erkennen, der in das schwach beleuchtete Kellerfenster spähte. Da spionierte noch jemand den Murphys hinterher!

Aber wer? Und warum?

»Versteck dich!«, flüsterte Raymond.

Wir kauerten uns hinter die Hecke zu Wendys Haus und spionierten sehr still und leise dem Spion hinterher. Im Wald zirpten die Grillen und Zikaden. Einen Block weiter fuhr ein Auto zügig die Rockwell Avenue hinunter. Aus Wendys Fernseher dröhnten Lachsalven.

Und irgendwo weinte jemand. Ich spitzte die Ohren, um zwischen all den Nachtgeräuschen herauszuhören, wo das Weinen herkam.

Es kam von dem Spion. Der rätselhafte Spion weinte.

Drinnen erschien ein Kopf im Kellerfenster und verdeckte das Licht. »Hey! Ist da jemand?«

»Das ist Kip«, flüsterte ich.

Der Spion sprang auf und rannte schluchzend davon. Die dunkle Gestalt überquerte die Straße und rannte ins Haus der Calderons. Rosa Shorts, Tanktop, lange, dunkle Haare.

Melina.

Die Hintertür der Murphys knallte zu und Kip

kam ums Haus gerannt. »Wer ist da? Was ist das für ein Lärm?« Er leuchtete mit der Taschenlampe den Garten ab.

Ich umklammerte Raymonds schweißnasse Hand, kniff die Augen zusammen und hielt die Luft an. Wenn Kip uns fand, würde er denken, dass wir *ihm* hinterherspionierten. Was wir ja auch getan hätten, wenn Melina uns nicht zuvorgekommen wäre. Aber darum ging es nicht.

»Wenn du ein Herumtreiber bist, hast du ein echtes Problem«, rief Kip. »Wenn ich dich erwische, rufe ich die Polizei.«

Ich drückte mich so flach ich konnte aufs Gras und versuchte, eins mit der Erde zu werden. *Bitte erwisch uns nicht, bitte erwisch uns nicht …*

Nachdem er noch eine Weile gerufen und sich umgesehen hatte, ging Kip endlich ins Haus zurück. Ich atmete tief aus.

»Wir verschwinden besser«, sagte ich. »Heute Abend ist es zu gefährlich zum Spionieren. Alle sind supernervös.«

»Aber wir haben noch nichts über die Diät-Sabotage herausgefunden«, sagte Raymond.

»Vielleicht morgen Abend. Ich will nicht erwischt werden.«

Raymond verschwand im Wald und ich schlich mich in mein Zimmer zurück. Als ich sicher im Bett lag, holte ich meine Mundharmonika heraus und spielte leise. Ich machte mir Gedanken über Melina. Warum spionierte sie Kip hinterher? Tat man das, wenn man in jemanden verliebt war?

Und was hatte sie im Keller gesehen, das sie zum Weinen gebracht hatte?

Der Herumtreiber

»Habt ihr gehört, dass gestern Abend ein Herumtreiber bei den Murphys war?«, fragte Mr Rogers. »Und meine Fenster standen sperrangelweit auf!«

Es war der dritte Juli und Mom und ich waren nach dem Abendessen zu einem Nachbarschaftstreffen bei Wendy gegangen, um den Umzug am nächsten Tag zu planen. Wendy hatte auf ihrer Terrasse Eistee und Wassermelone bereitgestellt. Fast alle waren da: Troy Rogers und sein Vater, David Serrano mit seiner Mutter und seinen Schwestern, Mr Jack, Mr Gorelick und Mrs Gorelick …

»Schon wieder ein Herumtreiber! Was ist hier eigentlich los?« Mr Jack griff nach seinem Bier. Er trank viel Bier und das sah man seinem Bauch auch an. Er schien nicht auf Diät zu sein.

»Zuerst die Carters, nun die Murphys.« Mrs Serrano schüttelte den Kopf. »Ts-ts …«

»Ob der Herumtreiber auch meine Phoebe gestohlen hat?« Wendy schniefte.

Mr Rogers legte ihr die Hand auf den Arm. »Fühlst du dich hier nachts sicher, so ganz allein, Wendy?«

Wendy schüttelte den Kopf. »Ich weiß nicht. Ich vermisse Phoebe. Sie war nicht so nützlich wie ein Wachhund, aber es war schön, dass sie da war.«

Mein Goldfisch ist der Einzige, der mich liebt, ging mir durch den Kopf.

»Ich weiß genau, wie du dich fühlst«, sagte Mr Rogers.

Mein Goldfisch ist der Einzige, der mich liebt, dachte ich wieder.

Troy nahm sich eine Scheibe Wassermelone und biss ein Stück ab. Dann spuckte er drei Kerne – *plopp-plopp-plopp* – aufs Gras. Als würde er auf etwas schießen.

David äffte ihn nach und spuckte Wassermelonenkerne auf seine Schwestern. Einer landete in Connies Ohr. »Volltreffer!«, rief er stolz.

Connie pulte den Kern aus ihrem Ohr und warf ihn auf David zurück. »Man spuckt kein Essen auf andere Leute. Hast du denn überhaupt keine Manieren?« Sie wandte sich an Wendy und fügte hinzu: »Ich weiß nicht, ob es eine Kopfverletzung ist oder so was, aber David war schon immer irgendwie anders.«

David biss trotzig und verlegen noch ein Stück Wassermelone ab und kaute geräuschvoll. Wendys Blick wanderte über die Reihe Serrano-Schwestern, von Connie über DeeDee zu Claudia. »Meinst du, weil er kein Mädchen ist?«

Connie lachte. »Nein, ich meinte damit, dass er immer irgendwas Verrücktes, Dämliches macht wie Ameisen anzünden oder die Unterwäsche über der Hose tragen.«

Pfft! David schoss eine Ladung Kerne auf sie ab.

»Siehst du? So was!« Connie klaubte vorsichtig die Kerne von ihrem Kleid.

»Das *eine* Mal, als ich meine Unterwäsche über die Hosen gezogen habe?«, sagte David. »Das ist ein einziges Mal passiert. Im Kindergarten. Aber du musst immer noch darauf herumreiten.«

»Weil du dich ja auch noch aufführst, als wärst du im Kindergarten.«

»Kinder! Gebt Ruhe!«, fuhr Mrs Serrano sie an.

»Vielleicht sollten wir den Umzug absagen«, meinte Mr Murphy.

»Ja! Was, wenn der Herumtreiber unsere Häuser ausräumt, während wir nicht da sind?«, sagte Mrs Serrano. »Wir werden alle am Carroll Drive stehen und der Parade zusehen. Keiner wird zu Hause sein!«

»Glauben Sie denn, er wird am hellichten Tag zuschlagen?«, fragte Mom.

»Warum nicht am hellichten Tag?«, fragte Mrs Serrano. »Dieser Irre hat bestimmt keine Angst!«

»Lennie Calderon hat mir erzählt, dass jemand vor einer Weile heimlich die Kinder beobachtet und Fotos gemacht hat und dass er sich im Wald herumtreibt«, sagte Mrs Gorelick. Sie wiegte Kelly, ihren kurzatmigen kleinen Pekinesen, wie ein Baby im Arm.

Mir lief es eiskalt über den Rücken, als sie so redeten. Ich wusste ja, dass es keinen Herumtreiber gab. Das waren nur Raymond und ich. Wenn sie herausfanden, dass der Herumtreiber, vor dem sie alle so große Angst hatten, nur zwei Kinder waren! Ich musste sie von unserer Spur abbringen.

»Sie meint den Fledermausmann«, sagte ich.

»Den was?« Alle drehten sich zu mir.

»Lennie denkt, wir werden von einem Riesengeschöpf verfolgt, das halb Mensch, halb Fledermaus ist«, erklärte ich.

»Meinst du Batman?«, fragte Mr Rogers.

»Nein. Der Fledermausmann ist schleimiger und viel ekliger, wie eine richtige Fledermaus«, sagte ich. »Aber so groß wie ein Mensch.«

Mrs Serrano schauderte. »Das ist doch albern«, sagte Mr Murphy.

»Wenn wir den Umzug abblasen, gewinnt der Herumtreiber! Wir dürfen uns von ihm nicht einschüchtern lassen«, sagte Mr Gorelick.

»Der Umzug wird stattfinden!«, rief Mr Jack.

»Ein Hurra auf den Umzug!«, rief Mr Rogers.

Ich wusste, dass ich ihnen die Wahrheit hätte erzählen sollen. Ich wusste, dass alles vielleicht noch schlimmer würde, wenn ich nichts sagte. Aber wir hatten schließlich gute Gründe, unsere Nachbarn heimlich zu beobachten. Wir lüfteten Geheimnisse. Wir versuchten, Paz vor einem schrecklichen Fluch zu retten.

Wenn ich etwas sagte, würde ich Ärger bekommen. Und Raymond auch.

Und ich hatte ihm versprochen, dass ich niemandem von ihm erzählen würde. Ich hatte es versprochen.

Irgendwo tief in meinem Inneren wusste ich, dass das wichtig war.

Meine Aura wird blauer

Auf meinem T-Shirt stand vorn CATONSVILLE NINE und hinten LEMONY TRITTFEST. Es war gold-schwarz, was sich ziemlich mit dem Rot-Weiß-Blau des Umzugs biss. Aber das war mir egal. Roller Derby war das Einzige, was zählte.

Mr Jack führte die Parade mit den kleineren Kindern, die auf Kazoos »Yankee Doodle« spielten, den Carroll Drive hinunter. Die Carters winkten und johlten, als Thea Tessie und Bo in ihrem Bollerwagen vorbeizog. Mr Gorelick drückte auf die Hupe von Old Donna, während der mit Fähnchen und Wimpeln geschmückte Oldtimer langsam die Straße hinunterrollte. Lennie und Hugo hatten ihre Räder dekoriert und fuhren stolz mit, ihre Eltern, Awa und Melina klatschten. Troy und David hatten sich nicht die Mühe gemacht, ihre Fahrräder auszustaffieren, aber sie fuhren die Straße trotzdem mit hinunter und machten den Zuschauern mit ihren Wasserpistolen Angst.

Thea zog ihren Wagen zu Melina, um ihr Hallo zu sagen. »Sehen Tessie und Bo nicht super aus?« Sie hatte ihnen die amerikanische Flagge auf die Wange gemalt.

Melina musterte sie von oben herab. »Ja, sie sehen super aus«, sagte sie gleichgültig.

Merkwürdig. Warum war Melina so eisig zu Thea?

»Zieh!«, befahl Tessie. »Zieh uns, Thea!«

Thea schob die Schultern vor und setzte sich in Bewegung. Sie erinnerte mich mit einem Mal an Esmeralda, Otis' Pferd.

Weder Paz noch Isabelle, Katie oder Lydia waren zu sehen. Vermutlich waren sie alle zu cool für den Umzug. Ich lief allein auf Rollschuhen hinterher. Da ich so aber keine tollen Kunststücke vorführen konnte, spielte ich auf der Mundharmonika, damit es nicht ganz so langweilig war. Ich kam mir wie die letzte Idiotin vor – eine Idiotin ohne Freunde. Alle um mich herum waren entweder kleine Kinder oder alte Leute und ich lag genau dazwischen.

»Hallo, Minty Fresh!« Mom und Dad winkten mir vom Straßenrand zu. Ich setzte ein Lächeln auf und winkte zurück, aber es war geheuchelt.

Der Umzug führte einmal um den Block und endete vor dem Haus der Gorelicks. Otis und Esmeralda warteten bei dem voll beladenen Karren und verkauften Wassermelonen, Pfirsiche und Limonade. »Einen schönen Unabhängigkeitstag!«, rief Otis.

Die anschließende Grillparty erstreckte sich über drei Gärten, von dem Haus der Gorelicks über unseres zu Wendys. Wir stellten sämtliche Gartentische aneinander, die wir fanden, und warfen vier Grills an.

Ich setzte mich auf die Verandatreppe und zog meine Rollschuhe aus. Was Raymond wohl gerade machte? Otis saß auf seinem Karren und trank Limonade. Esmeralda futterte eine Wassermelone, die auf der Straße zerplatzt war.

»Wie geht es deiner Aura?«, rief Otis.

Ich stand verlegen vor ihm, während er die Luft um mich herum betrachtete. »Welche Farbe hat sie jetzt?«, fragte ich.

Er kniff die Augen zusammen. »Ooh, deine Aura ist blau geworden. Jetzt bist du ein dunkles undurchsichtiges Blau. Wie geht's dir?«

»Nicht so toll«, erwiderte ich. »Einsam.«

»Ja, das seh ich.«

»Kannst du was dagegen tun?«, fragte ich.

»Deine Aura ist bloß das Spiegelbild deiner Gefühle«, sagte Otis. »Du musst deine Gefühle ändern, dann ändert sich auch die Farbe deiner Aura.«

»Aber wie kann ich meine Gefühle ändern?« Was half es mir, die Farbe meiner Aura zu kennen, wenn ich schon wusste, wie ich mich fühlte – beschissen.

»Hey, wenn ich auf alles eine Antwort hätte, würde ich wohl kaum auf diesem Karren Obst verkaufen«, sagte Otis.

»Aber auf ein paar Sachen hast du eine Antwort«, sagte ich.

Er nickte. »Frag mich.«

»Was weißt du über die Hexenfrau?«

»Mm-hmmm.« Er trank seinen Becher leer. »Nicht besonders viel, das kann ich dir schon mal verraten. Ich fahr ab und zu da vorbei, um zu sehen, wie die Dinge stehen. Vor ein paar Jahren habe ich dort oft einen kleinen Jungen gesehen. Er war immer allein und hat bei jedem Wetter draußen gespielt, selbst bei Regen und eisiger Kälte. Ich habe ihn mal gefragt, warum er nicht reingeht und sich aufwärmt, und er hat geantwortet, das könne er nicht – die Tür sei abgeschlossen. Und ich habe gefragt: ›Wo ist deine Mama?‹, und er hat gesagt: ›Sie ist drinnen und schläft.‹«

Er schenkte sich Limonade nach und goss auch einen Becher für mich ein. »Was ist dann passiert?«, fragte ich.

»Na ja, es gefiel mir nicht, dass dieser Junge draußen in der Kälte und Nässe spielte, deshalb habe ich an die Tür geklopft. Der Junge hat gesagt: ›Sie wird nicht aufmachen‹, und so war es auch, im Haus war es mucksmäuschenstill. Ich klopfte noch einmal, dieses Mal fester, aber nichts passierte. Ich drehte am Türknauf, aber es war abgeschlossen, genau wie der Junge gesagt hatte. Ich hatte keine Idee, was ich tun sollte, außer vielleicht ein Fenster einzuschlagen. Ich lief um das Haus herum und schaute, ob die Mutter des Jungen irgendwo war. Schließlich sah ich sie auf dem Küchenboden liegen, bewusstlos.«

Das war eine schreckliche und gleichzeitig faszinierende Geschichte. »War sie tot?«

»Nein, nein, sie hatte vermutlich bloß zu viel Schnaps oder so was getrunken.«

»War es die Hexenfrau?«, fragte ich.

»Genau die.« Er hielt mir einen Pfirsich hin. Ich rieb die Haut und wartete darauf, mehr zu hören.

»Tja und nach diesem Vorfall habe ich den Jungen dort lange nicht mehr gesehen. Letztes Jahr im Frühling haben die Bauarbeiter die Felder gerodet und diese neuen Häuser gebaut, und vor ein paar Wochen sah ich den Jungen wieder. Ich fragte ihn, wo er gesteckt habe, aber er wollte es mir nicht verraten.«

»Er hat ein Geheimnis«, sagte ich.

»Sieht so aus.«

Paz kam auf uns zugehinkt. Sie brauchte keine Krücken mehr, aber ihr Knöchel war immer noch schmerzempfindlich. Das erinnerte mich daran …

»Otis, kennst du dich mit Voodoo-Zaubern aus?«

»Ha! Ich weiß viel! Vielleicht zu viel. Meine Freundin an der Highschool hat mir damals einen hinterhältigen Liebestrank gebraut. Was glaubst du, wie sie mich sonst dazu gekriegt hätte, mit ihr zum Abschlussball zu gehen?«

»Jemand hat Paz verwünscht«, sagte ich. »Und ich versuche herauszufinden, wer es ist.«

»Das wird nicht einfach sein«, sagte Otis. »Aber ich an deiner Stelle würde nach einer Voodoo-Puppe Ausschau halten. Wenn du die Puppe findest, hast du die Quelle des Fluchs.«

»Danke, Otis.«

Paz erreichte schließlich den Karren. Otis gab ihr einen Becher Limonade. »Hilft gegen alles.«

»Selbst verstauchte Knöchel?«, fragte Paz.

»Klar, warum denn nicht?«

Paz trank die Limonade. Hinten aus dem Garten hörte ich Mr Jack rufen. »Die Hamburger sind fertig! Wer will einen?«

»Darauf hab ich gewartet.« Otis sprang von seinem Karren und rannte zum Picknick. Ich ging langsam mit Paz über den Rasen.

»Tut mir leid, dass ich nicht bei der Parade war«,

sagte sie. »Es ist anstrengend, auf einem Fuß zu stehen.«

»Schon in Ordnung.«

»Wie war's?«

»Langweilig und doof.«

»Dachte ich mir.«

Wir setzten uns an einen Gartentisch. Ich holte jedem von uns einen Hamburger.

»Ist hier noch frei?« Wendy setzte sich neben Paz, ihr Pappteller war mit einem ketchuptriefenden Burger und Kartoffelsalat beladen.

»Kann ich mich hierhersetzen?« Mr Rogers ließ sich neben mir nieder. Er hatte nur eine Hackfleischscheibe und saure Gurken, aber kein Brötchen und auch keinen Kartoffelsalat. Und eine Diet Coke.

Hmmm.

Ich warf Paz einen Blick zu, aber sie schien es nicht zu bemerken. Dann fiel mir ein: Paz wusste ja gar nichts von der geheimen Diät-Sabotage.

Das war ja mein anderer Freund, Raymond.

»Ich weiß nicht, warum ich es nicht einfach aufgebe«, sagte Mr Rogers zu Wendy. »Meine Diät funktioniert sowieso nicht.« Er lachte und tätschelte seinen Bauch, aber es war ein trauriges Lachen.

Wendy, die groß und dünn ist, nickte und lächelte mit vollem Mund. Nachdem sie hinuntergeschluckt hatte, sagte sie: »Ich finde, du siehst okay aus, Ken.«

»Danke, Wendy.« Mr Rogers schaute auf seinen Teller. »Weißt du, ich mache die Diät aus gesundheitlichen Gründen. Ich muss fit bleiben, um mit Troy mitzuhalten.«

Am Ende des Tischs saßen Troy und David und jeder versuchte, sich mehr Kartoffelsalat als der andere in den Mund zu stopfen. David lief Mayonnaise übers Kinn. Aus Troys Mund quollen Kartoffeln.

»Schon irgendein Zeichen von Phoebe?«, fragte Mr Rogers.

Wendys Augen füllten sich mit Tränen. »Nein. Ich habe überall Zettel aufgehängt. Ich rufe jeden Tag im Tierheim an. Sieht aus, als sei sie einfach … weg.«

Mr Rogers' Augen füllten sich ebenfalls mit Tränen. Das überraschte mich. Wieder schaute ich zu Paz, aber sie war mit Kip und Melina am Nachbartisch beschäftigt. Melina redete die ganze Zeit auf Kip ein, aber sein Blick wanderte immer wieder zu der Schlange am Buffet. Als sie ihm auf die Hand klopfte, sah er sie an und nickte, um ihr zu zeigen, dass er ihr zuhörte. Aber das war eindeutig nicht der Fall.

»Wollen wir zwei später eine Runde drehen und nach ihr Ausschau halten?«, fragte Mr Rogers Wendy.

Pflatsch! Plötzlich klebte ein Wassermelonenkern auf Mr Rogers' Gesicht. Er warf Troy, der einen Strohhalm im Mund hatte, einen bösen Blick zu. *Pflatsch!* Troy schoss den nächsten Kern auf Wendy ab.

Mr Rogers sprang auf. »Troy Rogers, mitkommen.« Er ging um den Tisch herum, packte Troy am Arm und zog ihn mit sich. »Wann wirst du endlich lernen, dich zu benehmen? Wir haben ein Wörtchen miteinander zu reden, Sohnemann …«

Aber Troy lachte nur. Genau wie David. Er schoss ein paar Kerne nach Troy, als Mr Rogers ihn wegzerrte.

Wendy seufzte. DeeDee und Claudia setzten sich zu David. Wendy beobachtete sie, während sie aß.

»Wo ist Troy? Kriegt er mal wieder Ärger?«, fragte Claudia.

»Weiß nicht«, brummte David.

»Du weißt nie irgendwas«, sagte DeeDee.

David rutschte tiefer auf seinem Stuhl. Wendy schien Mitleid mit ihm zu haben, denn sie sagte: »Mädels, das ist nicht nett, wie ihr mit eurem Bruder redet.«

Doch die beiden lachten bloß und gingen sich Eis holen.

»Hör nicht auf sie, David«, sagte Wendy. »Sie wollen dich nur ärgern.«

»Mir doch egal«, sagte David.

Paz klopfte mir auf die Hand, um mich auf etwas aufmerksam zu machen. »Minty, schau dir das an.«

Von der Schlange am Buffet winkte Thea Kip zu und rief: »Halb durchgebraten?«

Er rief zurück: »Ja!«

Melina drehte sich zu Thea um und funkelte sie böse an.

»Hast du diesen Blick gesehen?«, fragte Paz.

»Klar«, sagte ich. »Da ist was faul.«

»Ich hab sie noch nie so eisig miteinander erlebt«, sagte Paz.

Ich auch nicht. Der Unabhängigkeitstag schien bei allen die schlechtesten Eigenschaften hervorzukitzeln.

Nach dem Essen machte ich einen kleinen Spaziergang im Wald. Otis und Esmeralda waren schon weggefahren. Bald würde es dunkel werden. Ich blieb am Geheimnisbaum stehen und griff hinein.

Ich wollte eine Antwort finden. Auf irgendwas. Auf alles.

Stattdessen fand ich ein weiteres Geheimnis.

Ich hintergehe meine beste Freundin ganz schrecklich.

Alle Geheimnisse waren traurig. Aber dieses ganz besonders. Denn für mich waren beste Freunde heilig. Und wenn die beste Freundin dieser Person herausfand, dass sie hintergangen wurde, wäre es bestimmt das Ende ihrer Freundschaft.

Ich legte das Geheimnis in den Baum zurück. Crazy Ike sollte es essen. Es sollte verschwinden.

Ich lief in der Dämmerung zurück nach Hause. Mr Jack zündete gerade ein paar Raketen. Das tat er jedes Jahr. Er hatte zwar keine Erlaubnis dafür, aber vieles, was Mr Jack tat, war nicht erlaubt. So war er einfach.

Alle aus der Nachbarschaft hatten sich in unserem Garten versammelt und schauten zum Himmel. Das Feuerwerk tauchte sie in bunte Farben, Rot, Weiß, Blau, Grün …

Jeder von ihnen hat sein Geheimnis, dachte ich. *Was in jedem Einzelnen vorgeht, ist ein Geheimnis.*

Während die Raketen explodierten und an einen Krieg erinnerten, bei dem um die Unabhängigkeit gekämpft worden war, fochten die Menschen um mich herum ihre persönlichen Kämpfe aus. Selbst die Fieslinge. Geschwister untereinander, ja sogar Vater und Sohn … alle hatten persönliche Kämpfe, die außer ihnen niemand verstand.

Ich wollte sie verstehen. Doch je mehr ich herumschnüffelte, umso mehr Geheimnisse entdeckte ich. Ich würde nie die ganze Geschichte erfahren. Es gab so vieles, was ich nicht erraten konnte.

Einer von ihnen hinterging seine oder ihre beste Freundin.

Hinterging Melina Thea?

Mein Blick fiel auf Paz. Ein Gedanke drängte sich in mein Bewusstsein, ein Gedanke, der so schrecklich war, dass ich ihn kaum aushielt, ihn zu denken. Aber er boxte sich durch und sorgte dafür, dass ich ihn zur Kenntnis nahm.

Hinterging Paz mich?

Und dann eine letzte Möglichkeit: oder Raymond?

Der Kidnapper

Am fünften Juli lief ich durch den Wald, um Raymond zu besuchen. Ich konnte der Versuchung nicht widerstehen, unterwegs am Geheimnisbaum anzuhalten.

Das Geheimnis, dass jemand seine beste Freundin hinterging, war verschwunden, an seiner Stelle lag allerdings ein neues – hochinteressantes – Geheimnis.

Ich weiß, wo Wendys Katze ist. Aber ich werde es nicht verraten.

Ich schob den Zettel in meine Hosentasche und rannte den Rest des Weges durch den Wald, um ihn Raymond zu zeigen.

»Schau mal.« Ich zog das neue Geheimnis heraus. »Es wird immer geheimnisvoller.«

Raymond las sich den Zettel durch. »Komm, wir holen das Buch.«

Wir durchforsteten das Geheimnisbuch und brüteten über den Fotos von allen Leute aus der Nachbarschaft. Wer von ihnen hinterging seine Freundin? Wer versteckte eine Katze? Wir wussten es nicht.

Jeder war zu allem fähig. Das war jedenfalls allmählich mein Eindruck.

»Vielleicht sollten wir eine Weile die Füße still halten«, sagte ich. »Die ganze Nachbarschaft ist supernervös wegen des ›Herumtreibers‹.«

»Aber was ist mit Wendy? Du erzählst mir ständig, wie traurig sie wegen ihrer Katze ist.«

»Das stimmt. Sie hat gestern Abend beim Grillen fast geweint.«

»Und was, wenn Phoebe bei jemandem gelandet ist, der ihr wehtut?«, fragte Raymond. »Wir müssen sie retten!«

Er hatte Recht. Wir durften keine Zeit verlieren. »Für mich sind die Fieslinge die Hauptverdächtigen.«

»Sie sind für dich immer die Hauptverdächtigen«, sagte Raymond.

»Weil sie ständig andere ärgern«, sagte ich.

»Wir haben noch immer nicht rausbekommen,

wer Paz verwünscht hat«, fügte Raymond hinzu. »Wir haben sowieso so gut wie keines der Geheimnisse gelöst. Wir haben noch eine Menge Arbeit vor uns.« Er hielt inne. »Du hast doch niemandem von mir erzählt, oder?«

»Nein! Niemandem«, beteuerte ich und es stimmte ja auch. Trotzdem verschwieg ich die Geschichte, die Otis mir am Vorabend erzählt hatte. Er hatte kein einziges Mal den Namen des Jungen erwähnt, der aus seinem Zuhause ausgesperrt gewesen war.

»Ich glaube dir«, sagte Raymond. »Du bist eine gute Freundin. Aber du musst dein Versprechen auch halten. Du hast versprochen, mein Geheimnis für dich zu behalten – erinnerst du dich?«

»Ja, klar. Mach dir keine Sorgen, Raymond. Ich behalte dein Geheimnis für mich.«

»Gut. Danke. Und jetzt lass uns die Geheimnisse von allen anderen herausfinden!« Er kicherte vor Freude.

Ich weiß, es ergab keinen Sinn. Und es war auch nicht fair. Sein Geheimnis musste gewahrt werden, aber in den Geheimnissen der anderen durfte man herumschnüffeln. Aber denkt nicht jeder so?

Es war eine unheimliche Nacht. Grillen und Zikaden zirpten, Nachtvögel sangen und Musik schwebte durch die Dunkelheit. Im Mondlicht sahen die Rasenflächen aus wie kohlrabenschwarze

Teppiche. Woodlawn Road fühlte sich wie eine Filmkulisse an – fast wirklich, aber nicht ganz.

Irgendwo in der Ferne miaute eine Katze.

»Vielleicht ist das Phoebe«, sagte Raymond.

»Es kommt aus dieser Richtung.« Ich zeigte zum Carroll Drive.

Wie Geister schlichen wir durch Gärten und an dunklen und erleuchteten Häusern vorbei. Im Haus der Carters war nur das flackernde Licht eines Fernsehers im Wohnzimmer zu sehen. Thea passte wieder auf die Kinder auf.

»Komm, wir schauen mal, was Thea so treibt«, flüsterte ich. Ich wusste, dass es riskant war, aber ich konnte nicht widerstehen.

Wir pirschten uns ans Wohnzimmerfenster heran. Thea saß auf der Couch, auf dem Bildschirm flimmerte ein Horrorfilm, der Ton war leise gestellt.

Aber Thea sah sich nicht den Film an. Und sie war auch nicht allein.

Ein Junge saß mit ihr auf der Couch. Und sie küssten sich. Ganz oft.

»Wer ist das?«, zischte ich.

»Pssst!« Raymond legte mir die Hand auf den Mund.

Ich konnte nur den Hinterkopf des Jungen sehen. Ich überlegte, welche Jungs Thea mochte. Sie hatte keinen besonders erwähnt. Wer konnte es sein?

Thea ließ sich in die Couch zurücksinken und lachte über etwas, das der Junge sagte. Er stand auf und ging in die Küche. Thea strich sich das Haar glatt.

Ich zitterte. Raymond legte den Arm um mich und versuchte, mich zu beruhigen.

Der Junge kam mit zwei Limos. Nun konnte ich sein Gesicht erkennen.

Es war Kip.

Theas Geheimnis

Ich habe vermutlich nach Luft geschnappt, ich erinnere mich nicht mehr, jedenfalls sprang Thea auf, als hätte sie etwas gehört. Raymond drückte mich flach gegen die Wand. Ich atmete schwer und schnell.

»Das ist Kip Murphy!«, flüsterte ich. »Das ist der Junge, in den Melina verknallt ist!«

»Psssst!« Raymond zog mich an der Hauswand entlang. Wir mussten schnell weg, bevor Thea uns erwischte. Wir rannten aus dem Garten, wobei wir uns so gut es ging im Schatten hielten, und blieben erst stehen, als wir im Wald in Sicherheit waren. So weit würde uns Thea nicht hinterherrennen. Sie hätte viel zu viel Angst, vom Fledermausmann oder vom Herumtreiber geschnappt zu werden.

Jeder wusste, dass Melina in Kip verknallt war. Thea wusste es am allerbesten.

Aber Thea war ebenfalls in Kip verknallt.

Mir fiel der Abend wieder ein, als Raymond und ich gesehen hatten, wie Melina Kip heimlich beobachtet hatte und dann weinend davongelaufen war. Jetzt konnte ich mir denken, warum.

Sie hatte bestimmt gesehen, wie Thea Kip geküsst hatte. Deshalb war sie so sauer auf Thea.

Melina war Theas beste Freundin. Und Thea hinterging sie.

Sobald ich meinen Schrecken überwunden hatte, schlichen Raymond und ich schweigend durch die Straßen und hielten nach Phoebe Ausschau. Wir sahen Isabelle und Lydia mit Isabelles großem Bruder Martin bei einem nächtlichen Bad in Isabelles Pool. Wir sahen Katie Park mit ihrem Vater im Wohnzimmer fernsehen. Warum war sie nicht bei Isabelle? Sie machte nicht den Eindruck, als wäre sie gern zu Hause.

Wir hörten Mr Serrano, der David – sehr laut – eine Standpauke hielt, dass er für den Rest seines Lebens Obstkisten packen würde, wenn er sich nicht allmählich ein bisschen zusammenriss. Wir hörten Mr Rogers, der ziemlich schief ein Liebeslied sang. Wir sahen Wendy auf ihrer Veranda, die pfiff und »Phoebe! Komm zurück, altes Mädchen!« rief. Wir begegneten zwei streunenden Katzen und wurden von drei Hunden angekläfft. Aber Phoebe fanden wir nicht.

Als ich an diesem Abend zu Bett ging, ließ ich die Vorhänge offen, damit ich den Mond sehen konnte. Wolken zogen vorbei und warfen Schatten auf ihn.

Alles lief schief.

Irgendjemand wusste, wo die Katze von Wendy war, und verriet es nicht, obwohl Wendy so traurig darüber war. Thea und Kip turtelten hinter Melinas Rücken. Jemand anders sabotierte die Diät seines Vaters und noch jemand hatte Paz verwünscht.

Selbst Raymond hatte Geheimnisse, mit denen er nicht herausrückte. Zum Beispiel, warum er in dem Musterhaus lebte.

Auf einmal fühlte ich mich unendlich einsam. Ich holte meine Mundharmonika hervor.

Lennies Geheimnis

Am nächsten Tag ging ich zum Haus der Calderons. Bevor ich auch nur an ihre Hintertür klopfen konnte, hörte ich ein Kreischen aus der Küche. Irgendetwas sagte mir, dass ich besser blieb, wo ich war – vielleicht meldete sich mein neu entwickelter Spioniersinn. Statt anzuklopfen, rannte ich die Hintertreppe wieder hinunter und versteckte mich hinter den Mülltonnen.

»Warum darf ich nicht mit?«, rief Lennie.

»Weil du nicht eingeladen bist«, sagte Paz.

Wohin eingeladen?, überlegte ich.

»Du kannst es mir nicht verbieten. Das Schwimmbad ist für alle da, das weißt du!«

Auch für mich.

»Dann geh von mir aus. Aber komm mir und

meinen Freundinnen ja nicht zu nahe. Bleib mit Hugo und Robbie im Babybecken.«

Awa brüllte etwas auf Chinesisch und machte dem Streit damit ein Ende. Paz stürmte aus der Küchentür und humpelte die Außentreppe hinunter, ihr Knöchel war noch immer bandagiert, über ihrer Schulter hing ein Handtuch. Sie sprang auf ihr Fahrrad und fuhr davon, ohne mich hinter den Mülltonnen zu bemerken. Sie fuhr zum Schwimmbad, keine Frage. Um mit ihren Freundinnen zusammen zu sein. Zu denen ich nicht mehr gehörte.

Als Awa Lennie noch einmal anbrüllte, antwortete diese bloß »Schon gut, schon gut« und stapfte ebenfalls davon.

Ich blieb in meinem Versteck und lauschte. Doch ich konnte nur hören, dass das Radio angeschaltet wurde und Awa in der Küche herumhantierte und miträllerte.

Genau hinter mir ging ein Licht im Kellerfenster an.

Ich konnte der Versuchung nicht widerstehen, hineinzuspähen.

Lennie war allein im Keller. Sie warf sich auf die Couch, nahm ihr Buch *Fledermausmann! Die Geschichte vom Fledermausmann* und zog ein anderes kleineres Buch heraus, das darin versteckt war. Sie schlug das zweite Buch auf und las aufmerksam einen Abschnitt. Ich versuchte, den Titel zu erkennen. Ich meinte das Bild einer Frau mit Turban auf dem Umschlag zu sehen und die Worte *Voodoo, Hoodoo und Du.*

Lennie legte das Buch vor sich hin und öffnete einen Schrank. Sie räumte einige Spiele beiseite und zog eine Holzkiste heraus, die aussah, als könnte sie Schachfiguren enthalten.

Sie öffnete die Kiste und nahm eine rote Stoffpuppe heraus. Sie hatte einen langen schwarzen Zopf, der ihr über den Rücken hing, und vier winzige Spangen im Haar, auf ihr Gesicht war ein Passfoto von Paz geklebt. In der Puppe steckten zahlreiche Nadeln.

Eine Voodoo-Puppe. Eine Paz-Voodoo-Puppe.

Lennie schaute noch mal in das Voodoo-Buch, dann murmelte sie etwas und stieß der Puppe eine Nadel in die Stirn.

»Du bist es also!« Ich schnappte nach Luft. Ich konnte nicht anders. Ich war so geschockt, dass mir die Worte einfach so rausrutschten.

Lennie blickte auf und sah mich vor dem Fenster kauern. »Hey! Was machst du da?«

Sie ließ die Puppe fallen und rannte die Kellertreppe hoch. Zu mir.

Meine Beine spannten sich an und wollten losrennen. Aber Lennie hatte mich gesehen. Sie würde mich so oder so finden. Es gab keinen Platz in der Nachbarschaft, wo ich mich verstecken konnte.

Die Küchentür flog auf und Lennie erschien an der Treppe. Mit bösem Blick schaute sie nach unten, wo ich zwischen den Mülltonnen kauerte. Mir zitterten die Knie, als ich aufstand. Sie war zwar erst neun, aber vor jemandem, der fies genug war, die eigene Schwester zu verwünschen, musste man einfach Angst haben.

Sie ging langsam die Außentreppe hinunter und baute sich vor mir auf. »Also gut, sag schon, was du *meinst* gesehen zu haben«, sagte sie.

»Du hast deine eigene Schwester verflucht.«

»Sie verdient es.« Lennies Blick war kalt und hart wie Glas.

»Aber warum? Was hat Paz dir getan?«

»Du weißt, was sie getan hat.« Ihr Glasblick schwankte und sie sah zu Boden. »Sie hat Marcella verloren.«

Marcella. Lennies Plüschkatze. Die, die Paz sich beim letzten Halloween ausgeliehen hatte, um ihrem Hexenkostüm den letzten Schliff zu geben. Die Hexenfrau hatte sich Marcella geschnappt.

»Marcella war mein Lieblingskuscheltier«, sagte Lennie. »Ich hatte sie, seit ich ein Baby war! Und jetzt hat die Hexenfrau sie vielleicht eingesperrt und sie vergammelt irgendwo in diesem schrecklichen, unheimlichen Haus! Aber Paz ist das egal.«

Sie stolzierte herum und äffte eine selbstgefällige Paz nach. »Ach, na ja, hab ich halt dein Lieblingskuscheltier verloren. Stell dich nicht so an!«

»Paz ist es überhaupt nicht egal«, sagte ich. »Aber was soll sie machen?«

»Wenn es ihr nicht egal wäre, würde sie Marcella zurückholen.« Lennie verschränkte die Arme und schob trotzig den Unterkiefer vor.

»Sie kann Marcella nicht zurückholen«, sagte ich. »Sie hat sie nicht absichtlich verloren. Hör auf, Paz zu verfluchen. Du solltest ihr verzeihen. Du tust ihr doch weh.«

»Sie hat mir zuerst wehgetan. Ich werde erst aufhören, wenn ich Marcella zurückbekomme.«

»Dann werde ich Paz erzählen, dass du sie mit einem Fluch belegt hast«, sagte ich.

»Das darfst du nicht.« Lennies vorgeschobener Kiefer zitterte. »Sie wird mich umbringen!«

»Sie muss es wissen«, sagte ich. »Als ihre beste Freundin muss ich es ihr sagen.«

»Beste Freundin«, spie Lennie mir entgegen. »Ist sie als Freundin auch so toll wie als Schwester?«

Darauf konnte ich keine Antwort geben. Ich wusste schließlich nicht aus eigener Erfahrung, was für eine Art Schwester Paz war.

»Sie ist Pax A. Punch«, sagte ich. »Und ich bin Minty Fresh. Das ist das Einzige, was zählt.«

»Geh schon und reib es ihr unter die Nase. Mir

doch egal«, sagte Lennie. »Ich hebe den Fluch erst auf, wenn ich Marcella zurückbekomme.«

Das war übel. Wie lange konnte Paz den Fluch noch aushalten?

»Vielleicht verzeiht sie dir, wenn du dich entschuldigst«, sagte ich.

»Wohl kaum«, sagte Lennie.

»Wir werden sehen.«

Ich ging nach Hause und holte mein Fahrrad, um zum Schwimmbad zu fahren. Ich musste Paz etwas Wichtiges erzählen. Etwas, das ihr wirklich half. Und dann würde sie sich daran erinnern, was für eine tolle Freundin ich war.

Eine Warnung

Im Schwimmbad lagen Paz, Isabelle, Katie und Lydia auf Handtüchern nebeneinander am tiefen Ende des Beckens. Der Verband um Paz' Knöchel war verschwunden. Er hätte wahrscheinlich einen blöden Streifen in ihrer Bräune hinterlassen. Die Mädchen trugen alle Bikinis, ihre Haut glänzte und sie hatten die Augen vor der Sonne geschlossen. Jedes der Mädchen trug vier Silberspangen im Haar.

Ich warf einen Schatten auf Paz. Sie blinzelte und hielt sich die Hand vor die Augen.

»Minty? Du stehst mir in der Sonne.«

»Hast du Kopfschmerzen?« Ich starrte auf ihre Stirn.

»Was?«

»Hast du irgendwie Schmerzen im Kopf?« Lennie hatte eine Nadel in die Stirn der Voodoo-Puppe gebohrt. Was, wenn Paz davon einen Gehirntumor bekam? Die Symptome zeigten sich vielleicht erst nach ein paar Jahren.

Paz schloss die Augen wieder. »Meinem Kopf geht's bestens, Minty. Kannst du bitte aus der Sonne gehen?«

»Paz, ich muss dir was Wichtiges erzählen.« Ich setzte mich neben sie auf den heißen Beton, so weit wie möglich von Isabelle weg, damit ich keinen Schatten auf sie warf.

»Dann schieß los.«

Ich warf einen Blick auf Isabelle und ihre Freundinnen. Katie und Lydia hatten die Augen geöffnet und hoben den Kopf gerade hoch genug, um mitzubekommen, was vor sich ging.

»Es ist etwas Persönliches«, sagte ich leise.

»Du kannst es ruhig vor uns sagen.« Isabelle sprach, ohne die Augen zu öffnen. »Freundinnen haben keine Geheimnisse voreinander. Was immer es ist, Paz wird es uns sowieso erzählen – oder, Paz?«

»Klar«, sagte Paz. »Erzähl ruhig, Minty.«

Ich hielt es für keine gute Idee, aber sie wollte es so …

»Jemand hat dich verwünscht«, sagte ich. »Mit einem Voodoo-Fluch. Echt wahr.«

Lydia und Katie kicherten.

Paz stützte sich auf den Ellbogen. »Wovon redest du? Auf mir liegt kein Fluch.«

»Ach, nein?«, fragte ich. »Diese geheimnisvollen Bauchschmerzen, die du vor kurzem hattest, der unerklärliche Ausschlag, die juckende Nase, dein verstauchter Knöchel –?«

»Ich hatte in letzter Zeit einfach ziemlich viel Pech«, sagte Paz.

»Es ist kein Zufall«, beharrte ich. »Jemand versucht, dir absichtlich Schaden zuzufügen – und ich weiß, wer es ist.«

Die anderen Mädchen lachten und Paz stimmte mit ein. »Wer? Die Hexenfrau?«

Daraufhin wieherten die anderen Mädchen erst richtig los. »Die Hexenfrau!«, schrie Isabelle. »Du glaubst doch nicht ernsthaft, dass sie eine Hexe ist, oder?«

»Paz, ich meine es ernst«, sagte ich. »Anfangs dachte ich, dass es vielleicht die Hexenfrau ist, aber in Wirklichkeit –«

»Ich weiß – ein Zombie!«, sagte Lydia.

»Der Fledermausmann!«, sagte Paz. »Minty, du bist ja noch schlimmer als Lennie.«

Sie kriegten sich überhaupt nicht mehr ein. Ich hatte das Gefühl, mich in einen Geheimclub gedrängt zu haben, in dem alle die Spielregeln kannten, bloß ich nicht.

Ich versuchte mich zu erinnern, wann Paz sich das letzte Mal wie meine Freundin angefühlt hatte – meine *beste* Freundin. War es bei ihrer Geburtstagsparty im Mai gewesen? Oder bei der Schulabschlussfeier, als wir uns versprachen, für immer beste Freundinnen zu bleiben?

Wann immer es gewesen war, es schien ewig her.

Ich gab ihr noch eine Chance. »Du glaubst mir nicht?«

Paz drehte sich auf den Bauch und stützte den Kopf in die Hände. »Ach komm, Minty. Du musst zugeben, es klingt total albern.«

»Also gut. Von mir aus. Dann werde ich es dir nicht erzählen.« Ich stand auf und warf einen Schatten auf sie. »Ich hole mir einen Slush. Hast du Lust mitzukommen?« Wenn ich alleine mit ihr war, würde sie sich vielleicht nicht mehr so albern aufführen und zuhören.

»Nein«, sagte sie, ihre Stimme wurde durch das Handtuch gedämpft. »Warum bringst du mir nicht einfach einen Blutorange-Slush mit? Aber pass auf, dass er nicht vergiftet ist. Oder verflucht oder was auch immer.« Die Mädchen lachten wieder.

»In Ordnung.«

Der Bademeister blies in seine Trillerpfeife, von nun an durften nur noch Erwachsene schwimmen. Alle Kinder kletterten aus dem Pool und rannten zur Snackbar. Als ich dort ankam, reichte die

Schlange schon bis zur Frauenumkleide. Ich wartete und schäumte innerlich vor Wut. Warum holte ich Paz überhaupt einen Slush, wenn sie mich so mies behandelte?

David, Connie und DeeDee standen in der Schlange vor mir. »Was hast du denn heute Morgen in der Feriennachhilfe gelernt?«, fragte DeeDee.

»Nichts«, sagte David.

»Ach, komm«, sagte Connie. »Irgendwas müsst ihr doch gemacht haben.«

»Grammatik und Rechtschreibung«, sagte David.

»Rechtschreibung?«, fragte Connie. »Okay, ich frag dich was. Wie buchstabiert man *Rucksack*?«

David überlegte einen Moment. Dann sagte er: »Das ist leicht: R-U-G-«

»*Tsss!* Falsch.« Connie und DeeDee lachten. »Das schreibt man R-U-C-K-«

David bekam einen roten Nacken und das hatte nichts mit der Sonne zu tun. »Wen interessiert das schon?«, fragte er.

»Dich offenbar nicht«, sagte Connie. »Du bist eben bloß Zombie-Diät.«

»Was soll das denn heißen?«, fragte David.

»Bei dir ist nicht viel zu holen, du Spatzenhirn«, erwiderte Connie. »Zombie-Diät, Zombie-Diät«, sangen DeeDee und sie.

»Halt's Maul«, sagte David.

Ich bin so dum, dachte ich. *Ich glaub, mit mainem kopf stimmt was nicht.*

Und von einer Sekunde auf die andere war David kein Fiesling mehr. Er war einfach nur ein ganz normaler Junge.

Sie waren an der Spitze der Schlange angelangt und kauften Süßigkeiten. David fing an, mir leidzutun. Im Vergleich zu seinen Schwestern war Thea wirklich eine gute Fee.

Als ich an der Reihe war, bestellte ich zwei Slushs. Ich trug sie unter dem überdachten Gang und am Pool entlang zum tiefen Beckenende zurück, wo Paz und die Mädchen gelegen hatten.

Sie waren verschwunden.

Ich suchte die Liegewiese ab, konnte sie aber nirgends entdecken. Ich ging nach draußen und sah nach, ob Paz' Fahrrad noch da war. War es nicht. Weit oben auf dem Hügel fuhren vier Mädchen auf ihren Rädern davon, die Chromschutzbleche blitzten in der Sonne.

Paz war vor mir davongerannt. Vor mir, ihrer besten Freundin.

Nun war ich an der Reihe, mir dumm vorzukommen.

Ich setzte mich hin und schlürfte meinen Mint-Slush. Dann trank ich die geschmolzenen Überreste von Paz' Slush.

Ich würde ihr nicht hinterherlaufen.

Satans Geheimnis

Auf dem Heimweg fuhr ich mit meinem Fahrrad extra den Umweg über den Carroll Drive, weil Isabelle dort wohnte und ich insgeheim hoffte, ich würde sie und die anderen einholen und sie würden sagen *Da bist du ja! Wir haben nach dir gesucht! Bleib doch!*

Das war die eine Stimme, die mir zuflüsterte. Eine andere sagte *Ich hintergehe meine beste Freundin ganz schrecklich.*

Sie klang in diesem Moment sehr nach Paz.

Ich begriff Folgendes über Geheimnisse: Selbst wenn sie nichts mit einem zu tun haben, können sie sich doch so anfühlen. Jedes Geheimnis spricht etwas in einem selbst an, auch wenn es einem anfangs vielleicht nicht bewusst ist.

Als ich an Troys Haus vorbeifuhr, sah ich Satan mit einer Maus im Maul über den Rasen laufen. Er rannte zu einem Kellerfenster an der Hausseite und miaute. Er kratzte am Fenster und versuchte hineinzukommen. Er miaute noch einmal, es war dieses wilde, unheimliche Maunzen, das klingt, als wäre die Katze von einem bösen Geist besessen.

Dämliches Vieh, dachte ich. Ich stellte mein Rad auf dem Rasen ab und ging zu ihm, weil ich schauen wollte, was er vorhatte. Er drückte frustriert den Kopf gegen die Scheibe. Ich bückte mich, um ihn zu streicheln, aber er beachtete mich nicht weiter. Ich versuchte, das Fenster für ihn zu öffnen, aber es war natürlich verschlossen.

Dann sah ich, wen er anmaunzte. Oben auf der Kellercouch thronte Phoebe, schwenkte wie verrückt ihren buschigen weißen Schwanz und kratzte mit den Krallen auf dem rauen karierten Stoff.

Ich rannte zur Vorderseite und klingelte. Niemand öffnete, im Haus rührte sich nichts. Dann fiel es mir ein: Mr Rogers war vermutlich bei der Arbeit und Troy brummte Zeit in Theas Feriencamp ab.

Ich hörte ein schnelles *pffft, pffft, pffft* und das Reiben von Gummi auf Asphalt. »Was willste hier, Loser?«, schrie Troy. Er ließ sein Rad in die Einfahrt fallen und kam zu mir auf die Veranda hoch. »Verkaufst du Pfadfinderinnenkekse? Hmmm, ich seh gar keine Schachtel …«

»Du hast Wendys Katze«, schleuderte ich ihm entgegen. Er erstarrte.

Aha! Ich hatte ihn ertappt.

»Wovon redest du?«, sagte er.

»Du Katzenentführer!«, schrie ich. »Was hast du mit ihr vor?«

»Pst! Pst!« Troy zog einen Schlüssel aus der Hosentasche und schloss schnell die Haustür auf. »Geh rein, bevor dich irgendjemand hört.« Satan huschte gerade noch hinein, bevor Troy die Tür wieder zuknallte.

»Phoebe!« Ich rannte zur Kellertür und riss sie auf. »Phoebe, ich bin hier, um dich zu retten! Du kannst jetzt rauskommen!«

Phoebe miaute am Fuße der Treppe, machte aber keinerlei Anstalten hochzukommen. Satan sauste nach unten, die Maus hing ihm immer noch aus dem Maul.

»Warum hast du das getan, Troy?«

Troy hob hilflos die Arme. »Ich habe die Katze nicht entführt. Sie hat sich durch das Kellerfenster reingeschlichen und verschwindet einfach nicht mehr. Satan und sie haben sich verliebt. Sie leben dort unten zusammen.«

»Echt?« Satan hatte die Maus vor Phoebe abgelegt und leckte sie hinter den Ohren. »Aber warum hast du das Wendy nicht erzählt? Sie macht sich verrückt mit der Suche nach Phoebe.«

Troy ließ die Arme wieder hängen. »Geht dich nichts an, okay? Bring die Katze zu Wendy, wenn du willst. Sie wird sowieso wieder hierher zurückrennen.«

»Ich finde, du solltest Phoebe zurückbringen und Wendy sagen, dass es dir leidtut, dass du sie versteckt hast«, sagte ich. »Los, komm, Troy. Sag schon, warum du es getan hast.« Ich setzte mich auf den Küchentisch; ich würde erst gehen, wenn ich eine Antwort bekam. Troy stand am Kühlschrank und schwieg. Neben dem Kühlschrank stand eine Dose mit Diät-Pulver.

»Hey –«, setzte ich an. »Dein Vater macht Diät, stimmt's?«

»Ja. Und?«

Ich überlegte, wie ich dieses heikle Thema ansprechen konnte, ohne preiszugeben, dass ich Troys Geheimnisse kannte. »Und warum nimmt er dann nicht ab?«

Troy zuckte die Achseln, wich meinem Blick aber aus. *Schuldig*, dachte ich.

»Vermutlich ist er einfach so gebaut. Er sagt, dass ihn keine Frau anschauen wird, bevor er dreißig Pfund abnimmt.«

Aha, dachte ich. *Daher weht der Wind also.* Aber zurück zu dem wichtigeren Thema – Wendys Katze. »Warum hat dein Vater Phoebe nicht zu Wendy zurückgebracht?«

»Er weiß nicht, dass Phoebe hier ist«, gestand Troy. »Der Keller ist mein Reich. Du kannst mir glauben, wenn er sie findet, dreht er durch. Er mag Wendy wirklich.« Troy schnitt eine Grimasse.

»Magst du sie nicht? Sie ist nett!«, sagte ich.

»Ich will nur … Ich will nur nicht, dass mein Vater sie mag. Oder dass sie meinen Dad mag«, sagte Troy. »Satan musste sich ja auch ausgerechnet in ihre dämliche Katze verlieben, und ich hatte Angst, dass das Dad auf Ideen bringen würde.«

»Ideen?«

»Ja. Na ja, wenn er sieht, dass Satan und Phoebe ein Paar sind, könnten er und Wendy ja auch eins werden. Damit wir dann alle eine große glückliche Familie sind.«

»Was wäre denn daran falsch? Wendy ist nett und dein Vater ist einsam –«

»Ist er nicht! Woher willst du das überhaupt wissen?«

»Ich sehe es einfach.« Ich sollte besser nicht verraten, dass ich es wusste, weil ich seinen Dad heimlich dabei beobachtet hatte, wie er in der Küche Liebesschnulzen im Radio mitgesungen hatte.

»Er darf keine Freundin haben«, sagte Troy. »Wenn er eine Freundin hat, heißt das … heißt das …«

»Was?«

Troy trat so fest gegen den unteren Teil des Kühlschranks, dass eine Delle zurückblieb.

»Dann heißt das, dass meine Mutter nicht mehr zurückkommt.«

»Vielleicht nicht«, sagte ich. »Aber selbst wenn dein Vater nie eine Freundin hat, heißt das noch lange nicht, dass deine Mutter dann zurückkommt.«

Ich und meine große Klappe.

Troys Gesicht verzog sich, als hätte er gerade in eine Zitrone gebissen. Mir fiel auf, dass er schon das ganze Jahr so missmutig ausgesehen hatte. Ich hatte es immer für das Fiesling-Gesicht gehalten. Nun wurde mir klar, dass er so aussah, weil er unglücklich war.

»Du hast doch keine Ahnung.« Troy rannte aus dem Haus. Er hob sein Rad auf und schleuderte es auf die Einfahrt. Dann nahm er es wieder hoch und raste davon.

»*Miau … Schnurr …*« Die beiden Katzen putzten sich fröhlich im Keller. Es wäre ein Jammer gewesen, sie zu trennen. Aber ich war sicher, dass Wendy etwas einfallen würde, wie sie zusammen sein konnten.

Ich ging die Treppe hinunter und streckte die Hand nach Phoebe aus. Satan fauchte mich an. Schnell zog ich die Hand zurück. Er fauchte noch einmal.

Eigentlich sollte Troy derjenige sein, der Phoebe zurück-

bringt, dachte ich. Es war sein Geheimnis. Es war an ihm, es aufzuklären.

Ich hörte sein Rad über die Einfahrt knirschen. Er war bloß einmal um den Block gefahren. Er trat die Fliegengittertür auf. »Du bist immer noch hier? Nur damit du Bescheid weißt, das ist mein Haus.«

»Wenn du Phoebe nicht zurückbringst, werde ich dich verraten«, drohte ich.

»Klar machst du das, du Tratschtante«, sagte Troy mit finsterer Miene. Er ging in den Keller und nahm Phoebe auf den Arm. »Tut mir leid, Kumpel.« Satan traute sich nicht, ihn anzufauchen.

Ich hatte nicht vorgehabt, Troy zu verraten. Ich wusste bloß, dass er es nie tun würde, wenn ich ihm keinen Druck machte. Phoebe zurückzubringen, würde ihm vielleicht auch bei seinem anderen Geheimnis helfen. Wenn er sah, wie glücklich Wendy war, würde er sie vielleicht etwas lieber mögen und wäre bestimmt froh, dass er jemandem solche Freude machen konnte.

»Keine Sorge, Satan – du kannst sie so oft besuchen, wie du willst«, sagte ich. Satans Augen verengten sich zu wütenden Schlitzen.

Troy steuerte mit Phoebe im Arm auf die Küchentür zu. Mr Rogers bog gerade in die Einfahrt und hätte fast Troys Rad über den Haufen gefahren.

Troy zögerte. »Was jetzt?«

»Wird schon«, sagte ich. »Vielleicht kommt er ja gleich mit.«

Mr Rogers kam mit einer großen Tüte Lebensmittel im Arm in die Küche. Er blieb stehen und starrte auf die flauschige weiße Katze in Troys Armen.

»Troy! Du hast Phoebe gefunden!« Er umarmte Troy und Phoebe und hüpfte fast vor Freude. »Wo war sie denn? Hallo, Minty!«

Als ich sah, wie sehr er sich freute, dass es Phoebe gut ging, wusste ich, dass ich Recht hatte. Er mochte Wendy wirklich.

»Sie hat sich die ganze Zeit mit Satan unten im Keller versteckt«, gab Troy zu.

»Sie sind verknallt«, fügte ich hinzu.

»Na so was.« Mr Rogers wuschelte durch Phoebes Fell.

»Hast du ein Glück, Satan! Kommt – wir erzählen es Wendy! Sie wird einen Freudentanz aufführen!«

Er stürzte aus der Tür. Ich dachte schon, er würde durch seinen Garten zu Wendys Haus hüpfen. Troy hielt Phoebe, als trüge er eine Leiche zur Beerdigung. Ich ging neben ihm her.

»Es wird alles gut«, flüsterte ich Troy zu. »Du wirst sehen.«

Mr Rogers pfiff vor sich hin, als er die vier Stufen zu Wendys Haustür hochhechtete und klingelte. »Oh, Wendy, wir kommen mit großen Neuigkeiten …«, trällerte er.

Wendy öffnete die Tür. Phoebe sprang aus Troys Arm und rannte auf sie zu. Wendy stieß einen Jubelschrei aus. Sie umarmte Phoebe. »Oh, Ken«, sagte sie zu Mr Rogers. »Ich bin so froh, dass ich dich küssen könnte!«

Dann küsste sie Mr Rogers auf die Wange. Dann küsste sie Troy, der ein besonders missmutiges Gesicht zog. Schließlich küsste sie sogar mich.

Der Rest ist Nachbarschaftsgeschichte.

Herumspionieren ist erblich

Ich freute mich so für Phoebe und Wendy und Mr Rogers, dass ich fast vergessen hätte, wie enttäuscht ich über Paz' Verrat war.

»Mom!« Ich rannte in die Küche. »Phoebe ist wieder da!«

Mom war nicht in der Küche. Ich schmierte mir eine Scheibe Brot und biss hinein, während ich den Flur zu Moms und Dads Zimmer hinunterlief. »Mom? Ich habe Wendy-Klatsch für dich!«

Mom kam aus Theas Zimmer und schloss die Tür. Auf ihrem Gesicht lag ein merkwürdiger Ausdruck, fast ein bisschen schuldbewusst.

»Ist Thea zu Hause?«, fragte ich.

»Sie ist noch im Camp.« Sie sah wirklich schuldbewusst aus.

»Was machst du dann in ihrem … Oh.« Alles klar. Mom schnüffelte in Theas Zimmer herum.

»Willst du dir nicht einen Teller für dein Brot nehmen?« Mom ging mit mir in die Küche zurück. Als könne sie mal eben so das Thema wechseln. Sie nahm einen Teller aus dem Schrank und schob ihn unter mein halb gegessenes Brot.

»Hast du was gefunden?«, fragte ich.

»Was meinst du?«

»In Theas Zimmer.«

»Nein.« Sie schenkte sich ein Glas Eistee ein und setzte sich an den Küchentisch. »Tut mir leid, Süße. Ich weiß, dass das ein ganz schlechtes Licht auf mich wirft. Ich mache mir bloß solche Sorgen um Thea, weil sie sich ständig wegschleicht. Ich weiß nie, was sie tut. Ich möchte nicht, dass ihr was passiert.«

Ich wusste, was Thea tat – zumindest glaubte ich es zu wissen. Sie küsste Kip Murphy, während ihre beste Freundin vor Wut schäumte. Mom würde das vermutlich interessieren. Aber würde ich Thea nicht hintergehen, wenn ich ihr Geheimnis verriet?

»Ich versteh dich schon.« Da ich den Sommer bisher hauptsächlich damit verbracht hatte, andere Leute zu bespitzeln, konnte ich Mom schließlich nicht dafür verurteilen, dass sie hinter Thea herschnüffelte. »Ich werde Thea nichts sagen.«

»Danke, Minty. Ich fühle mich schrecklich. Aber ich weiß nicht, was ich sonst tun soll.«

Ich wusste, was sie meinte. Wenn man mit dem Herumspionieren erst einmal anfing, war es schwer, wieder damit aufzuhören. Je mehr man herausfand, umso mehr wollte man wissen.

In meinem Kopf ging alles wirr durcheinander.

»Wie lautet der Klatsch?«, fragte Mom.

»Wir haben Phoebe gefunden«, berichtete ich. »Sie hatte sich im Keller der Rogers versteckt. Satan und sie haben sich verliebt, was super ist, denn ich glaube, Wendy und Mr Rogers werden vielleicht auch bald ein Paar.«

»Wirklich?« Moms Miene hellte sich auf. »Das ist ja wunderbar! Wie schön für Wendy. Sie war so lange allein.«

»Genau wie Mr Rogers«, sagte ich.

»Das ist wahr«, sagte Mom. »Siehst du? Am Ende fügt sich alles zum Guten.«

»Ja, aber das ist noch nicht das Ende«, sagte ich. »Ihnen kann immer noch etwas Schlimmes passieren.«

»Tja – ja. Du hast Recht, Minty. Aber fürs Erste sind sie glücklich.«

»Fürs Erste.«

»Mehr kann man nicht verlangen, oder?«

Vermutlich nicht.

Ich verbrachte den Rest des Nachmittags in der Hängematte hinter dem Haus und übte traurige Lieder auf meiner Mundharmonika. Ich musste immer wieder daran denken, dass Paz einfach abgehauen war. Es war klar, was das bedeutete.

Thea kam kurz vor dem Abendessen nach Hause. Ich hörte, wie sie in ihr Zimmer ging und die Musik aufdrehte. Ich lief nach oben und klopfte an ihre Tür.

»Herein.«

Sie lag auf dem Bett. »Hey, Minty.« Sie lächelte mich an. Sie schien ausnahmsweise mal guter Laune zu sein. »Ich hab das Gefühl, dass ich dich den ganzen Sommer noch nicht gesehen habe.«

»Das liegt daran, dass du so beschäftigt bist«, sagte ich.

»Stimmt. Ich hatte ständig was vor, entweder Babysitting oder das Feriencamp oder … sonst was.«

Ich hakte nicht nach, was sonst was war, ich wusste es ja.

»Weißt du, was? Die Carters bekommen noch ein Baby«, sagte Thea. »Aber sag es nicht Mom. Sie haben es noch niemandem erzählt.«

»Woher weißt du es dann? Hat Mrs Carter es dir erzählt?«

»Na ja, nicht so direkt …« Sie wandte den Blick ab. »Ich habe spezielle Schwangerschaftsvitamine in ihrem Medizinschränkchen gefunden.

Und dann war da noch eine echt süße Karte von Mr Carter.«

Wenn ich babysitte, schnüffle ich in den Schubladen und Schränken der Eltern herum, sobald die Kinder schlafen, dachte ich.

»Was stand da drauf?«, fragte ich.

»Auf der Vorderseite war das Bild einer Rose und innen stand, dass er sie liebt und sich sehr auf das neue Baby freut. Ich hab sie zufällig entdeckt, in Mrs Carters, ähm ...« Sie konnte mir nicht richtig in die Augen sehen.

»Mrs Carters was?«

»Unterwäscheschublade.«

»Unterwäscheschublade!« Dieses Geheimnis konnte ich eindeutig von der Liste der ungelösten Fälle streichen.

»Tessies Stirn fühlte sich heiß an und ich habe das Thermometer gesucht«, sagte Thea.

»Aber klar doch. Thermometer bewahrt man ja auf jeden Fall bei der Unterwäsche auf.«

Thea warf ein Kissen nach mir. »Erzähl es niemandem, ja?«

»Geht klar.«

Ich schleuderte das Kissen aufs Bett zurück. Ich nahm ein Buch von ihrem Nachttisch und blätterte es durch. Dann legte ich das Buch beiseite und nahm eine Muschel in die Hand. Ich wollte sie um Rat fragen, aber ich war nervös.

»Minty, kannst du das lassen?«, sagte Thea. Dann sah sie mich an – und zwar richtig – und fragte: »Hey, alles in Ordnung mit dir?«

Ich legte die Muschel hin und setzte mich neben sie aufs Bett.

»Komm, erzähl mir, was du auf dem Herzen hast.« Sie klopfte auf ihr zweites Kissen. Ich streckte mich neben ihr aus. Da sie mich mal nicht anmotzte, dass ich ihre Sachen angefasst hatte, muss ich wohl wirklich traurig ausgesehen haben.

»Ich fürchte, Paz mag mich nicht mehr«, sagte ich.

»Wie kommst du denn darauf?«

»Heute im Schwimmbad war sie mit Isabelle und den anderen zusammen und sie haben sich über mich lustig gemacht«, erklärte ich. Die Erinnerung daran schnürte mir die Kehle zu. »Ich bin losgegangen, um uns Slushs zu holen und … Paz … und … und die anderen …« Ich war kurz davor loszuheulen und bekam kaum ein Wort heraus. »Sie sind ohne mich gegangen. Paz hat mich einfach dort stehenlassen. Sie sind vor mir weggerannt. Ohne was zu sagen oder so.«

»Oh nein.« Thea legte den Arm um mich. »Arme Minty, wie fies!«

Ich fing doch an zu weinen, wenn auch nur ein kleines bisschen. Ich presste mein Gesicht an Theas Schulter. Es tat gut, eine große Schwester zu haben.

»In einem Monat geht die Sechste los«, nuschelte ich. »Und ich werde keine Freunde haben. Paz wird mit den Siebtklässlern rumziehen und sie wollen mich bestimmt nicht dabeihaben.«

Thea umarmte mich. »Das ist doch Quatsch. Paz ist immer noch deine Freundin! Sie versucht nur gerade herauszufinden, wer sie eigentlich ist. Das ist so, wenn man in die Middle School kommt. Das machst du vielleicht auch bald. Mal bist du Minty Fresh, das knallharte Roller-Derby-Mädchen. Und mal lackierst du dir die Nägel lila und guckst, wie es sich anfühlt, schick und romantisch zu sein. Oder vielleicht trägst du nur noch schwarze Rollkragenpullover und liest Gedichte.«

»Ich glaube nicht, dass ich das ausprobieren muss«, sagte ich. »Ich weiß, wer ich bin. Ich bin mir sicher, dass ich immer dieselbe bleiben werde.«

»Du wirst immer du sein«, sagte Thea. »Aber das bedeutet nicht, dass du dich nicht veränderst.«

»Aber was, wenn ich mich in eine ganz andere Richtung entwickle als Paz und der Abstand zwischen uns irgendwann so groß ist, dass wir keine Freundinnen mehr sein können?«

Thea runzelte nachdenklich die Stirn und drückte mich fest. »Ich glaub nicht, dass das passieren wird. Paz und du, ihr seid Seelenverwandte. Aber hör zu – es gibt etwas, das ich in der Middle School gelernt habe. Du kannst Freundschaften nicht erzwingen. Du kannst nett und lustig sein und dir alle Mühe geben, dass andere dich mögen, aber entweder mögen sie dich oder nicht. Und wenn jemand dich nicht mag, ist das eben so. Dann mag dich bestimmt jemand anderes. Du wirst immer Freunde haben, Minty. Dich muss man einfach gernhaben.«

Ich hob den Kopf. Hatte Thea gerade gesagt, dass sie mich gernhatte? »Ich dachte, du hältst mich für eine Nervensäge.«

»Tu ich auch. Aber du bist eine liebenswerte Nervensäge.«

Ich hoffte, dass sie Recht hatte. Ich fühlte mich gerade nicht wie eine liebenswerte Nervensäge.

»Warum gehst du nicht einfach zu ihr rüber und redest mit ihr? Vielleicht ist sie nur weggelaufen, weil Isabelle sie angestiftet hat.«

»Aber das ist auch nicht sehr nett.«

»Nein, aber manchmal sind Leute feige und verhalten sich blöd. Geh und rede mit ihr, Minty.«

Ganz ehrlich, es gab eigentlich keinen Grund, von Thea Ratschläge zum Thema Freundschaft anzunehmen. Sie hatte schließlich ihre beste Freundin hintergangen. Aber es gab sonst niemanden, den ich fragen konnte.

Und ich konnte Paz immer noch helfen. Ich konnte ihr erzählen, wer sie verwünscht hatte und warum. Im Schwimmbad hatte sie mir nicht zugehört. Aber vielleicht würde sie mir ja jetzt zuhören.

Mein Geheimnis

Awa schälte in der Küche Mais fürs Abendessen. »Paz ist oben«, sagte sie.

Ich überlegte, wo Lennie sich wohl herumtrieb. Vielleicht versteckte sie sich aus Angst vor Paz' Zorn. Sie wusste ja nicht, dass ich sie nicht verraten hatte – noch nicht.

Paz lag auf dem Bett und las. Als ich an ihrer Tür stehen blieb, blickte sie auf.

»Oh. Hey.«

»Hallo, Paz.« Ich setzte mich auf Lennies Bett. »Ich konnte dir gar nicht zu Ende erzählen, was ich dir im Schwimmbad sagen wollte.«

»Ach, ja. Der Fluch!« Paz legte ihr Buch weg und setzte sich auf. Ohne Isabelle wirkte sie nicht mehr so abweisend. Vielleicht hatte Thea ja Recht –

und es lag wirklich an Isabelle, dass Paz so fies zu mir war.

»Es ist Lennie«, sagte ich. »Sie hat eine Voodoo-Puppe, die aussieht wie du. Sie bohrt Nadeln in sie und sagt dazu Zaubersprüche oder so was auf und deshalb läuft alles gerade schief bei dir.«

»Lennie? Im Ernst?«

»Sie hat es zugegeben. Sie ist immer noch stinksauer, weil du Marcella verloren hast.«

Paz verdrehte die Augen. »Das ist doch schon Monate her! Und woher weiß Lennie überhaupt, wie Voodoo funktioniert?«

»Sie hat irgend so ein Buch darüber«, sagte ich.

»Das glaube ich nicht«, sagte Paz. »Das kann gar nicht sein. Es ist bestimmt ein Zufall.«

»Vielleicht«, sagte ich. »Aber willst du es drauf ankommen lassen?«

»Ich hab tatsächlich leichte Kopfschmerzen.« Paz rieb sich die Stirn. »Was soll ich denn jetzt tun?«

»Sie sagt, sie hört erst damit auf, wenn sie Marcella zurückbekommt.«

»Aber die Hexenfrau hat sie!«, jammerte Paz. »Was soll ich denn tun, etwa ins Hexenhaus einbrechen?« Sie schauderte. »Nach dem, was an Halloween passiert ist, gehe ich da nie wieder hin.«

»Vielleicht könntest du ihr eine neue Plüschkatze kaufen und ihr sagen, dass es dir wirklich leidtut«, schlug ich vor. »Ich glaube, sie ist vor allem wütend, weil du dich nicht entschuldigt hast.«

»Ich habe mich entschuldigt«, sagte Paz. »Aber für sie ist es nie genug. Hast du keine Idee, wie ich Marcella zurückbekomme? Du bist gut in so was, Minty. Also, was schlägst du vor?«

»Versuch es noch mal mit Entschuldigen.«

»Das wird nicht funktionieren. Lennie ist gnadenlos. Es tut mir wirklich leid. Ich habe bloß keine Lust, ihr das zu sagen. Du weißt ja, wie es unter Schwestern ist.«

»Ja, ich weiß.«

»Wie hast du es überhaupt herausgefunden?«, fragte Paz.

Ich schluckte. Was das betraf, hatte ich ein ziemlich mieses Gefühl. Schließlich hatte ich es nur herausgefunden, weil ich bei den Calderons herumspioniert hatte. »Ähm, weißt du, als ich neulich herkam, hab ich Lennie zufällig mit der Voodoo-Puppe gesehen …«

Falls sie Verdacht schöpfte, zeigte sie es zumindest nicht. »Danke, dass du es mir gesagt hast, Minty. Dafür bin ich dir was schuldig.«

»Du bist mir überhaupt nichts schuldig. Aber … sagst du mir etwas?«

»Klar«, sagte Paz.

»Warum bist du im Schwimmbad vor mir weggelaufen?«

Paz kratzte an ihrem rosa Nagellack herum. »Das war bloß ein Scherz. Er hatte überhaupt nichts zu bedeuten. Isabelle fand, es wäre lustig.«

»Oh.« Ich ließ mich auf den Boden gleiten und lehnte mich gegen Lennies Bett.

»Vermutlich war es nicht so lustig.«

»Nein.«

»Es ist nur – sei nicht immer so kindisch, das ist alles.«

»Ich bin überhaupt nicht kindisch«, beharrte ich, auch wenn ich mich gerade sehr kindisch aufführte.

»Das ganze Gerede über Voodoo und Verwünschungen –«

»Aber es stimmt! Du bist doch diejenige, auf der ein Fluch liegt. Ich versuche nur, dir zu helfen –«

»Ich weiß, es ist bloß … vor Isabelle und den anderen …«

Von meinem Platz aus konnte ich das untere Brett von Paz' Nachttisch sehen. Auf einem Bücherstapel lag eine elegante rosa Karte.

Ich nahm die Karte in die Hand.

Poolparty! Bei Isabelle Barton.
Samstag, 7. August, 15:00 Uhr.
Um Antwort wird gebeten.

Paz riss mir die Karte aus der Hand. »Hey! Die gehört mir.«

Ich war so vor den Kopf gestoßen, dass ich kaum einen Ton herausbrachte. »Isabelle feiert eine Party?«

»Es ist keine große Party – nur ein paar Leute. Bestimmt wollte sie dich auch einladen. Aber ihre Eltern haben nur ein paar Freunde erlaubt –«

»Gehst du hin?«

»Na ja … bisher hab ich weder zu- noch abgesagt –«

»Aber hast du vor hinzugehen?« Mir fiel ein neuer Bikini an ihrer Schranktür auf. Da hatte ich meine Antwort. »Geh ruhig hin.« Ich stand auf und hätte fast angefangen zu heulen. »Ich weiß, dass du lieber zu ihrer Party gehst, als mit mir rumzuhängen und dich zu langweilen. Dann tschüs.«

»Minty, warte –«

Ich rannte aus dem Haus. Sie rief mir aus dem Fenster hinterher, aber ich blieb nicht stehen und drehte mich auch nicht um. Ich rannte nach Hause und schnappte mir ein Blatt Papier und einen Stift. Ich nahm beides mit in den Wald zum Geheimnisbaum.

Ich setzte mich auf die Erde, lehnte mich gegen seinen dicken schweren Stamm und schrieb mein Geheimnis auf.

Ich will nicht erwachsen werden. Niemals.

Ich steckte das Geheimnis tief in das Loch. »Bitte schön, Crazy Ike. Bitte iss das Geheimnis auf und sorg dafür, dass es aufhört wehzutun.«

Ein Wind kam auf und peitschte die Baumwipfel. Mein Geheimnis flog nun im Wind.

Das Überraschungspicknick

Ich sah Paz ein paar Tage lang nicht und redete auch nicht mit ihr. Weil ich mich einsam fühlte, lief ich durch den Wald zu Raymond. Ich hatte ihm viele Neuigkeiten zu erzählen. Phoebe war wieder da. Mr Rogers und Wendy mochten sich ganz offensichtlich. Troy war derjenige, der die Diät seines Vaters sabotiert hatte. Und Paz ging ohne mich zu Partys.

Unterwegs hielt ich beim Geheimnisbaum und griff in das Loch.

»Was hast du heute für mich, Crazy Ike?«, fragte ich.

Ich zog ein Geheimnis heraus und las:

Ich habe ein Überraschungspicknick für meine beste Freundin vorbereitet.

Ha! Ausnahmsweise mal ein frohes Geheimnis. *Das muss ich Raymond erzählen,* dachte ich.

Ich klingelte beim Musterhaus. Raymond kam mit einer Blumenschürze über den Jeans an die Tür.

»Ich habe jede Menge Neuigkeiten«, sagte ich.

»Hurra!« Raymond ließ mich herein und schloss die Tür hinter mir. »Das kannst du mir beim Picknick erzählen.«

Er führte mich ins Wohnzimmer. Der Couchtisch war beiseitegeschoben und auf dem Boden lag ein Bettlaken. Auf dem Laken war ein Picknick angerichtet, ein Teller mit Mortadella und Schmelzkäsescheiben, eine Packung Toastbrot, eine Flasche Ketchup, eine Schale mit Kartoffelchips, zwei Dosen Limo und ein großes Glas mit Wildblumen.

»Überraschung!«, rief er. »Ich habe ein Picknick für uns gekocht!«

»Wow! Danke, Raymond.« Ich zeigte ihm den Zettel, den ich gerade gefunden hatte. »Dann ist der also von dir!«

Er wurde rot. »Setz dich.« Ich setzte mich auf den Boden, und Raymond gab mir eine Scheibe Brot.

»Aber woher wusstest du, dass ich heute komme?«, fragte ich.

»Wusste ich nicht. Aber ich wusste, dass du irgendwann kommen würdest. Also hab ich jeden Tag für uns beide Picknick gekocht.«

»Oh.« Ich hätte vermutlich froh darüber sein sollen, dass er sich so auf meine Besuche freute, aber es machte mich eher traurig. Was tat er den ganzen Tag allein in diesem seltsamen Haus?

»Erzähl mir die Neuigkeiten!« Raymond packte Wurst und Käse auf sein Brot.

»Ich habe Phoebe gefunden.« Ich nahm mir drei Scheiben Käse für mein Sandwich. »Sie war in Troys Keller! Er wusste die ganze Zeit, wo sie war, und hat keinen Pieps gesagt.«

Raymond nickte mit vollem Mund. Dann nahm er sein Buch und klebte Troys Geheimnis unter dessen Bild.

»Troy ist auch der mit dem Diät-Geheimnis«, erzählte ich ihm.

»Warum macht Troy solche komischen Sachen?«, fragte Raymond.

»Weil seine Mutter ihn und seinen Vater verlassen hat und er sie vermisst«, erklärte ich. »Er hat Angst, dass sie nicht mehr zurückkommt, wenn sein Vater eine neue Freundin hat. Aber es ist zu spät, Mr Rogers hat sich schon in Wendy verliebt, und zwar über beide Ohren.«

»Und mag Troy Wendy?«, fragte Raymond.

»Nein«, sagte ich. »Nicht besonders.«

»Hmm.« Er reichte mir das Ketchup.

Ich verzog das Gesicht. »Ketchup auf einem Käsesandwich?«

»Probier mal. Ist lecker.«

Ich öffnete die Flasche und drückte. Sie spuckte ein paar Tropfen und jede Menge Luft aus. Ich versuchte es noch einmal. *Spfft.* Nichts.

»Die Flasche ist leer«, sagte ich.

»Lass mich mal.« Raymond nahm mir die Flasche ab, schüttelte sie und sang: *»Hin und her, auf und ab – erst kommt nichts und dann macht's plopp!«*.

Platsch. Es funktionierte! Eine Ketchupflut ergoss sich auf mein Sandwich.

»Jetzt ich.« Ich wiederholte seinen Spruch und drückte Ketchup auf sein Sandwich. Wir legten noch eine Scheibe Brot obendrauf und stießen mit unseren Limodosen an.

»Auf ein leckeres Picknick«, sagte ich.

»Danke! Hab ich selbst gemacht.«

»Wenn die Schule losgeht, können wir jeden Tag zusammen essen«, sagte ich. »Oh – ich komme allerdings dieses Jahr in die Middle School. In welche Klasse kommst du?«

»Auch in die Sechste«, sagte er.

»Das ist ja toll!«, sagte ich. Ich hätte also doch einen Freund, falls Paz und ich uns nicht wieder vertrugen.

»Na ja, vielleicht …« Sorgfältig verteilte er das

Ketchup auf seinem Brot. »Ich weiß noch nicht, auf welche Schule ich komme.«

»Bis wann weißt du das?«, fragte ich.

Er zuckte mit den Schultern und fing an, auf seiner Mundharmonika »You Are My Sunshine« zu spielen. Was für ein trauriges Lied – ich hatte die Vorstellung schon immer schrecklich gefunden, dass jemand einem den Sonnenschein wegnahm.

»Ich hab geübt – hör mal.« Ich zog meine Mundharmonika aus der Hosentasche und begleitete ihn. Wir klangen richtig gut zusammen. Mir fielen alte Filmszenen ein, in denen Gefangene Mundharmonika spielen, um sich die Zeit zu vertreiben.

Nach unserer Mundharmonikaeinlage machte sich Raymond noch ein Sandwich. »Welche Neuigkeiten gibt es sonst?«, fragte er.

Eines der Geheimnisse in Raymonds Buch stach mir ins Auge. *Ich hintergehe meine beste Freundin ganz schrecklich.* Ich musste an Paz denken.

»Isabelle Barton gibt eine Poolparty«, sagte ich. »Paz ist eingeladen. Aber ich nicht.«

»Natürlich bist du eingeladen«, sagte Raymond.

»Nein, bin ich nicht«, wiederholte ich. »Ich habe die Einladung in Paz' Zimmer gesehen. Aber ich habe keine bekommen.«

»Tja, dann bist du eben zu einer besseren Party eingeladen«, sagte Raymond. »Nämlich zu einer

Wir-beobachten-heimlich-Isabelles-Poolparty-Party.«

»Ja …« Keine blöde Idee. »Wir werden einfach heimlich die Poolparty beobachten! Wer weiß, was wir da herausfinden.«

»Genau. Wann ist sie?«

»Am Samstagnachmittag.«

»Sieht aus, als müssten wir einen neuen Spionageeinsatz planen.« Raymond nahm seine Mundharmonika. »Aber erst noch ein Lied.«

Wir spielten den Rest des Nachmittags auf unseren Mundharmonikas, bis irgendwann die Glocke bimmelte und ich nach Hause musste.

Der Herumtreiber schlägt wieder zu

Am Samstag hatte Dad frei. Er machte es sich mit einem Glas Eistee und einem Buch in einer Hängematte im Garten gemütlich. Mom, Thea und ich trugen das Mittagessen auf die Terrasse, damit wir draußen essen konnten.

Mr Gorelick stand mit dem Wasserschlauch in der Hand in seinem Garten und goss seine Blumenbeete, während sich Mrs Gorelick in der Sonne aalte. Sie rieb sich die Beine mit Sonnenöl ein, ihr Gesicht schützte sie mit einem Strohhut und ihrer Katzenaugensonnenbrille. Kelly, ihr Hündchen, saß mit einer blauen Schleife im Fell neben ihr und hechelte. Hecheln und ab und zu kläffen war so ziemlich das Einzige, was Kelly tat.

»Ah«, sagte Dad. »Ist das nicht ein wunderbarer Sommertag? Ich verlasse diese Hängematte erst wieder, wenn mich die Mücken stechen.«

»Sie müssen dich schon bei lebendigem Leib auffressen, bis von dir nur noch das Skelett übrig ist, oder, Dad?« Ich brachte ihm sein Truthahn-Sandwich, damit er in der Hängematte essen konnte.

»Das nenn ich echten Service«, sagte Mr Gorelick.

»Möchtest du noch mehr Eistee?«, rief Mom von der Terrasse.

»Gern, Laurie. Ich liebe deinen Eistee.«

»Meinen bitte ohne Zucker«, nölte Mrs Gorelick unter ihrem Hut hervor.

Mom schenkte noch zwei Gläser Eistee ein und drückte sie mir in die Hand, damit ich sie den Gorelicks brachte.

Mr Gorelick bedankte sich und wischte sich über die Stirn. »Sieht aus, als hätte der Herumtreiber wieder zugeschlagen. Jemand hat eine Mundharmonika aus unserer Garage gestohlen!«

Ich erstarrte. *Hatte er Mundharmonika gesagt?*

»Ausgerechnet eine Mundharmonika«, wiederholte Mr Gorelick. »Dabei stand meine Zweihundert-Dollar-Bohrmaschine quasi einpackbereit daneben.«

»Genau daneben.« Mrs Gorelick nickte und streichelte Kelly.

»Ganz zu schweigen von Old Donna, die nicht mit Gold aufzuwiegen ist«, sagte Mr Gorelick. »Ich frage mich, ob es während der Grillparty nach der Parade passiert ist. Die Garagentür stand offen und den ganzen Abend sind Leute vorbeigekommen.«

Mom schüttelte den Kopf. »Wie merkwürdig. Warum sollte jemand ausgerechnet eine Mundharmonika stehlen?«

»Warum nicht?«, fragte Mr Gorelick. »Es ist nach der Orgel so ziemlich das genialste Instrument, das je erfunden wurde. Vor allem, wenn man jemanden hat, mit dem man zusammen spielen kann. Aber Judy will es ja nicht lernen.«

Mrs Gorelick stöhnte. »Da ist mir zu viel Spucke im Spiel.«

»Du wirst nie richtig Spaß haben, wenn du Angst vor ein bisschen Spucke hast«, sagte Mr Gorelick. »Hey, Mädels – soll ich euch nach dem Mittagessen den Rasensprenger anschalten? Ich muss sowieso den Rasen wässern.«

»Danke, aber ich bin zu einer Poolparty eingeladen«, sagte Thea.

»Was? Wirklich?«, rief ich.

»Ja«, sagte Thea. »Bei Martin Barton.«

Thea ging also auch zu Isabelles Poolparty! Alle waren eingeladen, nur ich nicht. »Minty?«, hakte Mr Gorelick noch mal nach. »Du weißt, dass ich den Sprenger ungern an schnödes altes Gras vergeude, wenn ihr damit viel mehr Spaß haben könnt.«

»Heute nicht«, sagte ich. »Ich muss auch ein paar Sachen erledigen.«

»Was denn?«, fragte Mom.

»Ach, nichts Besonderes.« Ich versuchte, lässig zu klingen. »Einfach ein bisschen rumfahren.« Einfach ein bisschen herumfahren und dabei heimlich die Nachbarn ausspionieren.

Ich hatte Isabelles Haus schon am Vortag in Augenschein genommen und nach Verstecken mit guter Sicht Ausschau gehalten. Die Familie Schwartz, die im Haus dahinter wohnte, hatte ein Baumhaus. Von dort aus konnte man Isabelles Garten und den Pool bestimmt gut sehen, aber da es von Zweigen verdeckt war, würde Isabelle uns nicht bemerken. Das Beste daran war, dass die Schwartz im Urlaub waren.

»Ja, heute ist ein guter Tag zum Rumfahren.« Dad schaukelte leicht in der Hängematte. In einer halben Stunde würde er eingeschlafen sein, das war klar.

»Geh nicht zu weit weg«, warnte Mom.

»Mach ich nicht.« Ich kannte die Regel: Nicht weiter, als ich die Glocke hören konnte. Und das würde ich ja. Ich würde vielleicht bloß nicht nach Hause kommen, wenn ich sie hörte.

Nach dem Mittagessen packte ich die Ausrüstung für unseren Spionageeinsatz in meinen Rucksack – ein Fernglas, ein Notizbuch und einen Stift, Wasser, Saft und ausreichend Proviant für Raymond und mich. Bei ihm gab es nie etwas richtig Leckeres zu essen, immer nur diese schreckliche Mortadella.

Ich nahm meine Mundharmonika vom Nachttisch und blies einen Ton. Dann legte ich sie schnell in die Schublade.

Ich sollte sie Mr Gorelick zurückgeben, dachte ich. *Bestimmt hat Raymond sie gestohlen.*

Aber ich wusste es ja nicht sicher. Ich hatte keinen Beweis.

Und wenn ich sie zurückgab, würde Raymond Ärger bekommen.

Ich war traurig. Raymond hatte mir etwas geschenkt. Ein großartiges Geschenk. Aber ein gestohlenes Geschenk war eben kein richtiges Geschenk.

Ich setzte den Rucksack auf und machte mich auf den Weg zu meinem Komplizen.

Die Poolparty

Wir schlichen uns in den Garten der Schwartz und kletterten ins Baumhaus hoch. »Das ist ja das perfekte Versteck«, sagte Raymond. »Hast du gut ausgekundschaftet, Minty.«

Es war ein sehr gemütliches Baumhaus mit Sitzkissen und einem kleinen Tisch. Ein Fenster blickte genau auf Isabelles Pool und wir waren so nah, dass wir die Unterhaltungen gut hören konnten. Ich holte mein Fernglas aus dem Rucksack. »Falls wir uns was näher anschauen müssen.«

»Ich hab auch eins dabei.« Raymond zog ein kleines Fernglas aus der Hosentasche.

»Sehr gut.« Ich stellte den Proviant auf den Tisch. Dann machten Raymond und ich es uns auf den Kissen bequem und richteten die Ferngläser auf Isabelles Haus. Lange Zeit sagten wir nichts. Wir beobachteten bloß.

Die Party hatte gerade erst angefangen. Aus den Lautsprechern plärrte Musik und Isabelle, Katie, Paz und Lydia planschten im Wasser herum. Isabelles älterer Bruder, Martin, veranstaltete beim Sprungbrett seine eigene kleine Party mit Thea und Kip. Isabelles Vater heizte den Grill an.

»Hey, Paz!«, rief Martin. »Wo ist eigentlich deine Schwester?«

»Meinst du Melina?« Paz drehte sich zu ihm um. »Sie ist zu Hause und passt auf meine kleinen Brüder auf.«

»Schade«, sagte Martin. »Ich hatte gehofft, sie kommt auch.«

Paz zuckte die Schultern und übte weiter Handstand im Wasser. Die Terrassentür wurde aufgeschoben und zwei Jungs kamen herausstolziert. Sie trugen T-Shirts über schlabberigen Badeshorts und wirkten so, als seien sie überzeugt davon, dass ihnen die Mädchen zu Füßen liegen würden, egal wo sie aufkreuzten.

»Wer sind denn die beiden?«, fragte Raymond.

»Chris und Henry«, antwortete ich. »Sie sind aus Isabelles Klasse.«

Chris rieb sich die Hände. »Dann lasst mal Party machen!«

Mr Barton blickte vom Grill auf. »Hallo, Jungs.«

Chris und Henry nickten Isabelles Vater höflich zu, als hätten sie ihn erst in diesem Augenblick bemerkt. »Hallo, Mr Barton«, sagten beide. Danach zogen sie ihre Shirts aus und knallten mit einer Arschbombe in den Pool. »Attacke!« Die Mädchen kreischten und lachten und schützten sich mit den Armen vor dem aufspritzenden Wasser.

Isabelle hatte Jungs zu ihrer Party eingeladen, aber es war nicht wie sonst, wenn Jungs auf Geburtstagspartys eingeladen wurden. Nicht wie bei den Fieslingen, die ich letztes Jahr zu meiner Geburtstagsparty einladen musste, weil Mom das so beschlossen hatte, und die dann sämtliche Ballons zerstochen und sich mit Essen beworfen hatten. Das hier war etwas anderes. Das hier war eine Mädchen-Jungs-Party wie Theas letzte Geburtstagsparty, bei der Jungs und Mädchen eine Weile verschwanden und dann mit rotem Kopf und schuldbewusster Miene zurückkamen. Diese Art Mädchen-Jungs-Party.

Und Paz war dabei und wirkte total entspannt. Als würde sie dazugehören.

»Lasst uns Blindekuh im Wasser spielen«, schlug Isabelle vor. »Katie, du musst uns fangen.« Sie verband Katie die Augen. Alle schwammen ans tiefe Ende des Pools, möglichst weit weg von ihr.

»Wo seid ihr?«, rief Katie.

»Hier!«, antworteten alle.

Isabelle zog Paz zu sich und flüsterte ihr etwas zu.

»Wo seid ihr?« Katie paddelte ans tiefe Ende und hätte fast Lydia erwischt, die aber noch im letzten Moment die Hände wegzog.

»Hier!«

Isabelle und Paz kletterten kichernd aus dem Pool und setzten sich an den Rand. Das war gegen die Spielregeln.

»Wo seid ihr?«, rief Katie.

Paz und Isabelle beugten sich über den Beckenrand und brüllten: »Hier!« Doch als Katie in Richtung ihrer Stimmen schwamm, bekamen ihre Hände bloß Beton zu fassen. Paz und Isabelle liefen auf Zehenspitzen am Rand entlang, wo Katie sie nicht mehr erwischen konnte, und riefen wieder »Hier!«.

»Iz!«, sagte Lydia. »Was machst du da?«

Isabelle legte den Finger auf die Lippen. Lydia sagte nichts mehr, sondern rief nur »Hier!«.

Katie hätte Chris oder Henry oder Lydia fangen können, aber sie interessierte sich nur für Paz und Isabelle.

»Sie schummeln«, brummte ich.

»Ja?«, fragte Raymond. »Ich hab schon überlegt, was da im Pool abgeht.«

»Hast du das noch nie gespielt?«

Raymond schüttelte den Kopf. »Ich habe früher mal in einem Haus mit einem kleinen Pool gewohnt, aber da haben wir immer nur ein Spiel gespielt, das Tunk den Doofi heißt. Und ich war immer Doofi.«

Isabelle und Paz ließen Katie weiterhin ins Leere greifen. Lydia sah zu, aber verriet sie nicht. Schließlich gab Katie auf und schlug Henry ab. Damit war er dran. Sie riss sich genau in dem Moment das Tuch herunter, als Paz und Isabelle wieder in den Pool sprangen.

»Hey! Habt ihr etwa geschummelt?«, fragte Katie.

»Nein«, sagte Isabelle. »Du hast uns bloß nicht gekriegt.«

Katie sah Lydia fragend an. »Iz ist eine super Schwimmerin«, lautete Lydias einziger Kommentar.

»Ich verstehe nicht, warum keiner sie verrät«, sagte ich.

»Weil es Isabelles Party ist und sie ist die Chefin«, sagte Raymond. Doch da sagte Martin: »Und wie du geschummelt hast, Iz. Katie, lass es dir von ihrem Bruder gesagt sein: Man kann Isabelle nicht über den Weg trauen.«

Isabelle tat seinen Kommentar mit einem Lachen ab, aber Katie sah verletzt aus. Trotzdem trabte sie ihr wie ein Hündchen hinterher.

Als Henry an der Reihe war, blieben Isabelle und Paz im Pool. Er schlug Isabelle ab, die dann innerhalb von Sekunden Katie fing. »Du bist wieder dran.«

Sobald Katies Augen verbunden waren, gab Isabelle Paz ein Zeichen und sie zogen ihre Nummer von neuem ab. Katie fing Lydia und riss sich die Augenbinde herunter, bevor Isabelle und Paz ins Wasser zurückspringen konnten. Ich richtete mein Fernglas auf Katies Gesicht und sah, wie sehr sie das verletzte.

Sie wusste, dass sie reingelegt worden war. Allmählich war mir dieser Gesichtsausdruck sehr vertraut.

»Natürlich hast du geschummelt. Wusst ich's doch.« Katie ließ die Augenbinde ins Wasser fallen und kletterte aus dem Pool.

»Katie, wo willst du hin?« Isabelle rannte ihr hinterher.

»Ich hab keine Lust mehr.« Katie ging schnell auf einen Liegestuhl zu und hinterließ eine Spur nasser Fußabdrücke auf dem Beton. »Es macht keinen Spaß, wenn du schummelst.«

Paz blieb im Pool und sah zu. Sie schielte zu Lydia, die lächelte und die Achseln zuckte. Paz war viel zurückhaltender und abwartender als sonst. Als wäre diese ganze Party ein Spiel und sie versuchte, die wirklichen Spielregeln herauszufinden.

Ich legte mein Fernglas zur Seite und sah Raymond an. Er beobachtete nicht die Mädchen im Pool, sondern den Grill und den Tisch. Isabelles Mutter grillte Hamburger und ihr Vater deckte den

Tisch. Auf dem Weg in die Küche verpasste Isabelles Vater ihrer Mutter einen neckischen Hüftstoß. Raymond seufzte.

»Was war das denn?«, fragte ich.

»Was?«

»Dieses Seufzen.«

»Nichts. Isabelles Eltern wirken nett, findest du nicht?«

»Ja«, sagte ich. »Aber Isabelle ist nicht nett. Warum beobachtest du überhaupt ihre Eltern? Das ist doch der langweilige Teil.«

»Nicht für mich«, sagte Raymond.

»Hast du Hunger?« Ich hielt ihm eine Tüte Chips entgegen.

»Danke.« Er riss die Tüte auf und aß mit der einen Hand Chips, mit der anderen hielt er das Fernglas.

Als das Essen fertig war, wollte sich Katie neben Isabelle setzen, doch die schüttelte den Kopf und sagte, der Platz sei für Paz reserviert. Dann wollte Katie sich auf die andere Seite von Paz setzen, aber Lydia drängte sich dazwischen. Es gab nur noch bei den Jungs am anderen Ende des Tischs Plätze, die allerdings viel zu sehr damit beschäftigt waren, ihre Hamburger zu verputzen, um sich weiter um sie zu kümmern.

Nach dem Essen, als es dunkel wurde, strahlte Paz' Gesicht. Sie war glücklich, das konnte ich sehen. Die ganze Zeit hatte Isabelle sich um sie bemüht und alle folgten ihrem Beispiel. Alle bis auf Katie, die im Laufe der Party immer trauriger geworden war.

»Paz hat echt Spaß«, sagte ich zu Raymond. Meine Stimme klang heiser. Wir hatten eine ganze Weile nicht geredet.

»Ja.« Raymond richtete sein Fernglas auf mich.

»Du beobachtest die Party ja gar nicht«, sagte ich.

»Ich beobachte dich, wie du die Party beobachtest.«

»Aber du kannst mich aus dieser Nähe doch gar nicht durch das Fernglas erkennen«, sagte ich.

»Ich sehe immer nur einen Teil von dir. Ich kann sehen, wie dein Mund hoch- oder runterzuckt und wie du die Augen aufreißt oder zusammenkneifst.«

»Aber warum willst du das sehen?« Ich legte mein Fernglas weg.

»Du beobachtest Paz und ich beobachte dich. Ich beobachte dich, wie du Paz beobachtest. Und je länger du sie beobachtest, desto trauriger wirst du.«

»Schau sie dir doch an!« Ich deutete mit dem Fernglas auf den Pool. »Isabelle mag sie und Paz fühlt sich geschmeichelt, weil Isabelle sie mag. Und ich bin nicht dabei. Aber Paz ist es egal. Sie hat ohne mich ihren Spaß. Wir haben überhaupt keinen Spaß mehr zusammen.«

»Und?« Raymond starrte mich immer noch aus nächster Nähe mit dem Fernglas an. Es machte mich allmählich nervös.

»Kannst du das bitte runternehmen?«, fragte ich. »Ich kann so nicht mit dir reden.«

Er legte das Fernglas weg. »Und wo ist das Problem, wenn du keinen Spaß mehr mit Paz hast? Sie ist schließlich nicht der einzige Mensch auf der Welt. Hast du denn mit niemand anderem Spaß?«

Er klimperte mit den kurzen blonden Wimpern und ich wusste, dass er sich meinte. Es stimmte, dass ich Spaß mit ihm hatte. Auch wenn ich schrecklich eifersüchtig wegen Paz war, hatte ich an diesem Nachmittag Spaß mit ihm gehabt.

Aber ich sagte es nicht. Und das wird mir immer leidtun.

Die Terrassentür wurde aufgeschoben und Melina kam heraus. »Hey, alle zusammen.« Ihr Blick wanderte zu Martin, Thea und Kip. Martin eilte gleich auf sie zu.

»Hey, Melina! Setz dich doch zu uns. Möchtest du einen Burger?«

»Ich soll Paz abholen«, sagte Melina. »Paz, Mom will, dass du jetzt nach Hause kommst.«

»Was? Aber die Party hat gerade erst angefangen!«, jammerte Paz.

»Bleib doch und schwimm 'ne Runde, Melina«, schlug Martin vor.

»Ich kann nicht«, sagte Melina. »Komm, Paz, wir müssen los. Kommst du mit, Thea?«

Das war ein Test. Eigentlich fragte sie Thea: »Wen magst du lieber, mich oder Kip?«

Durch mein Fernglas sah ich, wie Kip Thea am Pferdeschwanz zupfte. »Ich glaube, ich bleibe hier und geh noch mal in den Pool«, sagte sie.

»Ach komm, Melina«, sagte Paz. »Lass uns auch bleiben.«

»Wir *können* nicht.« Melina runzelte die Stirn. »Mom wartet. Kip, kommst du mit?«

»Ich bleib auch noch«, sagte Kip.

Ich zoomte auf Melinas Gesicht. Sie sah aus, als würde sie jeden Moment in Tränen ausbrechen. Sie musste auf ihre jüngeren Geschwister aufpassen, statt mit ihren Freunden zu feiern. Aber das war nicht das einzige Problem. Kip und Thea standen eng beieinander – so als würden sie zusammengehören. Als wollten sie sich nicht trennen und als könne nicht einmal Melina Thea von ihm wegbewegen.

»Gut«, sagte Melina. »Paz, wir gehen.«

Sie ging ins Haus zurück, ohne auf Paz zu warten. Paz zog eine Schnute, aber da sie wusste, dass ihre Eltern toben würden, wenn sie herumtrödelte, stand sie auf, verabschiedete sich von allen und folgte Melina durch die Schiebetür.

Die Party löste sich sowieso allmählich auf. Lydias Mutter kam vorbei, um ihre Tochter abzuholen, dann kam der Vater von Chris oder Henry. Thea und Kip gingen mit Martin ins Haus. Isabelles Eltern räumten den Tisch ab und packten das Essen weg. Isabelle und Katie saßen noch am Pool und ließen die Beine ins Wasser baumeln, während es immer dunkler wurde.

»Warum braucht dein Dad so lange?«, fragte Isabelle. »Meinst du, er hat vergessen, dich abzuholen?«

Katie zuckte die Achseln. »Ich weiß nicht. Er kommt bestimmt gleich.«

»Er kommt immer zu spät, wenn er dich abholt«, sagte Isabelle. »Ist dir das schon mal aufgefallen?«

»Er hat wirklich viel zu tun«, sagte Katie.

Ein paar Minuten später tauchte ein großer Mann auf und winkte Katie zu. »Hallo, Süße, komm, wir gehen!«

Sie stand auf und suchte ihre Sachen zusammen. »Danke für die Party, Isabelle. Sehen wir uns morgen im Schwimmbad?«

»Ich weiß nicht. Vielleicht.« Isabelle winkte Katie zum Abschied zu, blieb aber am Pool sitzen.

»Ich geh jetzt besser auch nach Hause«, sagte ich. Ich stopfte meine Sachen in den Rucksack und kletterte die Baumhausleiter hinunter. Raymond kam schnell hinterher.

Wir liefen die Bailey Street hinunter. Es war ein

ruhiger Abend. Vor uns bogen Katie und ihr Vater um die Ecke.

Ich brauchte Raymond nichts zu sagen. Ich brauchte ihn nicht mal anzuschauen. Wir hatten zur gleichen Zeit den gleichen Gedanken.

Wir liefen langsamer und folgten Katie und ihrem Vater.

Sie liefen ein paar Blocks, Katies Vater trug ihre Tasche. Sie redeten nicht viel. Schließlich blieben sie vor einem Backsteinbungalow stehen, der bis auf das Verandalicht dunkel war, und gingen hinein.

Raymond und ich beobachteten sie. Im Wohnzimmer ging das Licht an. Katies Vater setzte sich in einen Sessel und schaltete den Fernseher an. Wir konnten das kalte blaue Licht auf seinem Gesicht sehen. Dann wurde oben ein Fenster hell. Katie ging durchs Zimmer. Sie blieb vor einem kleinen Glas stehen, in dem ein einzelner Goldfisch schwamm. Sie redete mit dem Fisch und streute Futter in das Glas. Dann trug sie es zum Fenster und starrte über die Baumwipfel hinweg in den Himmel.

Ich sah Raymond an. Raymond sah mich an.

»Es ist ihr Geheimnis«, flüsterte er. *»Mein Goldfisch ist der Einzige, der mich liebt.«*

Ein Plan

Als ich am nächsten Morgen aufwachte, überlegte ich, wie meine Aura wohl aussah. Wenn sie am Unabhängigkeitstag schon dunkel war, wie düster würde sie dann jetzt erst sein?

Ich wünschte, ich wäre mutig genug wegzulaufen.

Wovor wegzulaufen? Ich wusste es nicht, aber ich konnte verstehen, dass man sich so fühlte.

Ich zog die Schublade meines Nachttischs auf und holte die Mundharmonika heraus. Sie glänzte silbern in der Morgensonne.

Raymond hatte gesagt, er habe kein Geld. Er war dabei erwischt worden, wie er aus anderer Leute Garage Fotos stahl, auch eins von mir. Und er hatte zugegeben, dass er Paz' Ausweis geklaut hatte.

Ich musste den Tatsachen ins Auge blicken: Vielleicht hatte er die Mundharmonika tatsächlich für mich gestohlen.

Ich spielte ein letztes Mal »You Are My Sunshine«. Danach zog ich mich an, steckte die Mundharmonika in meine Hosentasche und ging nach draußen.

Old Donna wartete in Mr Gorelicks Auffahrt auf ihre wöchentliche Wäsche, Mr Gorelick selbst war allerdings nirgends zu sehen. Die Garagentür stand weit offen.

Ich schlich mich hinein und legte die Mundharmonika auf eine Werkbank.

Tschüs, Mundharmonika. Ich werde dich vermissen.

Ich ging in unsere Garage, zog meine Rollschuhe an und fuhr zur Wendeschleife, um zu üben. Außer mir war niemand auf der Straße, aber ich hörte Hugo und Robbie im Haus der Calderons zanken.

Die Fieslinge kamen auf ihren Rädern an, sie fuhren auf dem Hinterreifen. »Geh woandershin«, sagte Troy. »Das ist die Übungsstrecke für Fahrradprofis.«

»Ich war zuerst hier«, protestierte ich.

»Zwei gegen eine«, sagte David.

»Paz kommt gleich«, log ich. »Dann sind wir zwei gegen zwei. Und weil ich zuerst da war, werde ich bleiben.«

Troy legte die Hand ans Ohr, als würde er mich nicht verstehen. »Hast du was gehört, David? Klang, als würde eine Mücke rumsurren.«

»Ja«, sagte David. »Srrr, srrrr, srrr … aber ich hab kein Wort verstanden.«

Ich verdrehte die Augen und lief weiter Rollschuh. Sie fingen mit Sprüngen über die Bordsteinkante an und schlitterten herum, als wäre ich gar nicht da.

Hugo und Robbie kamen aus dem Haus gestürzt und balgten sich auf dem Rasen um ein Spielzeugauto. Lennie kam hinterher und setzte sich auf die Bordsteinkante. Sie mampfte auf einem Kaugummi herum und machte eine große grüne Blase.

»Hey, Lennie«, sagte ich. »Mal wieder irgendjemanden verwünscht in letzter Zeit?«

»Ha-ha.«

»Wo ist Paz?«, fragte Troy. »Hast du nicht gesagt sie kommt zum Rollschuhlaufen raus?«

»Sie ist im Haus«, sagte Lennie. »Sie traut sich nicht raus.«

»Wow, etwa unseretwegen?«, brüstete sich David. »Hat sie echt Schiss vor uns?«

»Nicht vor *euch*«, sagte Lennie. »Vor Minty.«

Troy musterte mich von oben bis unten. »Hat Minty seit neuestem irgendwelche Superkräfte, von denen ich noch nichts weiß?«

»Ja. Ich kann Gedanken lesen.« Ich beugte mich vor, damit er mein fieses Grinsen besser sehen konnte. »Ich kenne all deine Geheimnisse.«

Es war riskant, das zu behaupten – viel zu nah

an der Wahrheit –, aber Troys nervöses Schaudern war die Sache wert.

»Paz glaubt, dass du sauer auf sie bist, Minty«, sagte Lennie. Sofort waren die Jungs tödlich gelangweilt und zischten ab. »Und sie redet kaum ein Wort mit mir – danke, dass du mich verpetzt hast.«

»Ich bin ja auch sauer auf sie. Und ich hab dich gewarnt, dass ich es ihr erzählen würde. Wirkt der Fluch immer noch?«

»Ja. Paz hat Kopfschmerzen.« Lennie wackelte vielsagend mit den Augenbrauen. »Und gerade habe ich mir gedacht: Was wäre wohl, wenn ihre Zunge so anschwellen würde, dass sie nicht reden könnte?«

»Das ist brutal.« Obwohl ich sauer auf sie war, tat mir Paz leid. Ich konnte nichts dagegen tun. Ein Voodoo-Fluch ist etwas Schreckliches.

Melina kam aus dem Haus. »Minty Mortimer, würdest du deiner Schwester bitte etwas ausrichten?«

»Klar, Melina.«

»Sag ihr, ich will mein T-Shirt zurück. Das Shirt, das sie sich letzten Frühling von mir geborgt hat, das mit dem großen blauen Herzen drauf. Es ist mein Lieblingsshirt und sie hat es schon viel zu lange.«

»Geht klar.«

»Sag ihr, sie soll es dir geben, und du kannst es

dann mir geben«, sagte Melina. »Ich will ihr Lügengesicht nämlich nie wieder sehen und ich will auch nicht mit ihr reden.« Mit wehendem Haar marschierte sie zurück ins Haus. In der Tür wich Paz ihr aus und humpelte nach draußen. Sie hielt sich die schmerzende Stirn.

»Wie war Isabelles Party?«, fragte ich, als wüsste ich nicht Bescheid.

»Okay«, sagte Paz.

»Hast du nicht erzählt, es sei die beste Party gewesen, auf der du je warst?«, fragte Lennie.

»Ich dachte, das behältst du mit deinem Fledermaushirn für dich«, sagte Paz.

»Hast du das eben mitbekommen?«, fragte ich. »Melina und Thea reden nicht mehr miteinander.«

»Ich weiß«, sagte Paz. »Melina sagt, dass sie Thea nie verzeiht.«

»Ihre Freundschaft ist aus und vorbei.« Lennie fuhr sich mit dem Finger über die Kehle, als würde sie sie mit einem Messer aufschlitzen. »Finito.«

Plötzlich schien mir die ganze Traurigkeit wie ein klatschnasses Hemd auf die Schultern zu drücken. Melina war sauer auf Thea, ich war sauer auf Paz, Lennie war auch sauer auf Paz und Paz war sauer auf Lennie. Es war alles zu viel. Es musste aufhören.

»Wir können nicht zulassen, dass Melinas und Theas Freundschaft einfach so endet«, sagte ich.

»Ich weiß, warum sie sich streiten, und der Grund ist total albern.«

»Ich weiß auch, warum sie sich streiten«, sagte Paz. »Thea wusste, dass Melina in Kip verknallt ist, aber sie hat ihn ihr trotzdem ausgespannt – direkt vor ihrer Nase. Deine Schwester ist echt eine miese Freundin.« Sie verschränkte die Arme und funkelte mich böse an, als wäre ich auch eine schlechte Freundin.

»Entschuldige mal, aber du bist doch diejenige, die ohne mich zu Partys geht«, fuhr ich sie an. »Und die sich neue Freunde sucht und mich mutterseelenallein im Schwimmbad sitzenlässt.«

Beeindruckt machte Lennie eine neue Kaugummiblase. »Du hast Minty mutterseelenallein im Schwimmbad sitzenlassen?«

»Na ja, ich –«, stammelte Paz. »Isabelle wollte gehen und –«

Lennie pulte sich grünen Kaugummi von der Wange. »Das ist echt knallhart.«

»Ich habe einen Plan, wie wir Thea und Melina bis zum Schulbeginn wieder zu Freundinnen machen können«, sagte ich. Der Plan war mir gerade erst eingefallen. »Aber dazu brauche ich eure Hilfe.«

Paz wandte sich mit misstrauischem Blick zu mir. »Ist das ein Trick? Irgendeine schlaue Masche, dich an mir zu rächen?«

»Nein! So gerissen bin ich nicht.«

»Gut. Wie sieht der Plan aus?«

»Ich nenne ihn –« Ich suchte nach einem guten Namen, aber mir fiel nur ein: »Operation ›Wir nerven unsere Schwestern‹. Teil eins: ›Thea nerven‹. Teil zwei: ›Melina nerven‹.«

»Ooh«, sagte Lennie. »Der Plan gefällt mir.«

»Überlegt doch mal«, sagte ich. »Was kann Thea am besten?«

»Hmm … Melina den Jungen ausspannen, auf den sie steht?«, fragte Paz.

»Nein. Sie sind beide große Schwestern. Und was tut Melina, wenn du ihr auf die Nerven gehst?«, fragte ich.

»Sie rennt zu Thea und heult sich aus«, sagte Paz.

»Genau. Und bei Thea ist es genauso. Manchmal beschwert sie sich bei Mom und Dad, dass ich sie nerve, aber die wollen es gar nicht hören. Die Einzige, die sie versteht, ist Melina.«

»Und?«

»Also werde ich so nervig sein, wie es nur irgendwie geht. Ich werde Thea so kirre machen, dass sie mit Melina reden muss – sie wird gar nicht anders können. Und wenn ihr mitmacht, muss Melina Thea einfach verzeihen.«

»Selbst wenn es nicht funktioniert«, sagte Lennie, »klingt es nach jeder Menge Spaß.«

»Hmmm …« Paz ließ sich das Ganze durch den

Kopf gehen. »Ich hab noch eine Idee. Teil drei sozusagen: nur eine Kleinigkeit, aber dann wird dein Plan noch besser funktionieren. Aber dazu muss ich Isabelle einweihen.«

»Isabelle?« Das gefiel mir überhaupt nicht.

»Wenn sie uns nicht hilft, wird es nicht funktionieren«, beharrte Paz.

»Was soll sie machen?«, fragte ich.

»Vertrau mir einfach«, sagte Paz. »Ja?«

Ich sah Paz an. Wir waren so lange beste Freundinnen gewesen. Wenn ich ihr jetzt nicht vertraute, welche Chance hatten wir dann überhaupt noch?

Ich kann vor dieser Sache nicht davonlaufen.

»Sag schon Ja«, drängte Lennie.

»Einverstanden«, sagte ich. »Wir sind ein Team.«

»Hurra!« Lennie machte einen Freudensprung. »Lasst uns gleich anfangen!«

Operation ›Thea nerven‹

Ich startete die Operation ›Thea nerven‹ noch am gleichen Nachmittag. Ich klopfte an ihre Tür.

»Draußen bleiben!«, knurrte sie. Sehr schön. Sie hatte schon miese Laune.

»Ich soll dir was von Melina ausrichten«, rief ich.

Sofort riss sie die Tür auf. »Was?« Sie versperrte mir den Weg in ihr Zimmer, aber ich schlüpfte an ihr vorbei. Ich steuerte zielsicher auf ihren Schminktisch zu, nahm eine Muschel aus der Muschelkiste, betrachtete sie, betatschte sie ausgiebig und legte sie wieder zurück. Dann nahm ich die nächste, sah sie mir an und legte sie zurück.

»Und? Was sollst du mir ausrichten?«

»Sie will ihr T-Shirt zurück. Das mit dem blauen Herzen drauf.«

»Warum hat sie mich nicht selbst danach gefragt?«

»Offenbar spricht sie aus irgendeinem Grund nicht mit dir.« Ich hob Theas Uhr hoch, musterte sie und sorgte dafür, dass das Glas massenhaft Fingerabdrücke bekam.

»Leg sie hin.« Thea riss mir die Uhr aus der Hand und legte sie behutsam auf den Schminktisch zurück. »Sonst noch was?«

»Ähm … ja.« Ich ging zum Bücherregal und nahm einen Halbedelstein heraus.

»Und was noch? Kannst du bitte aufhören, meine Sachen anzutatschen?«

»Tut mir leid. Mach ich halt.« Ich öffnete ihren Schrank und probierte ein Paar Sandalen an. Sie klemmte mir fast den Fuß in der Tür ein.

»Jetzt reicht's. Verschwinde aus meinem Zimmer«, befahl sie.

»Du hast mir gar nichts zu sagen«, antwortete ich ungerührt.

»Das hier ist mein Zimmer und hier bestimme ich«, schoss sie zurück.

Ooh, ich hatte sie. Aber es reichte nicht. Noch nicht.

Während Thea an diesem Abend Dad beim Kochen half, beschloss ich, mir etwas zum Anziehen von ihr zu borgen. Und zwar ohne sie zu fragen.

Ich schlich mich in ihr Zimmer und wühlte ihren Schrank durch. Sie hatte viele hübsche Kleider, doch die meisten passten mir nicht. Aber das war eigentlich egal.

Aha – da war es. Ihr neues Sommerkleid, das karierte mit den Spaghettiträgern. Sie hatte es gerade erst gekauft und noch keine Gelegenheit gehabt, es zu tragen. Tja, gleich hätte es seinen ersten Auftritt.

Ich zog das Kleid an. Es war mir etliche Nummern zu groß und die Träger waren viel zu lang. Ich zog ein T-Shirt drunter, damit es halbwegs passte. Der Rock reichte mir bis über die Knie, aber er flatterte sehr hübsch, wenn ich eine Pirouette drehte. Und mit meinen blauen Keds sah es gar nicht so übel aus.

»Minty! Abendessen!«, rief Dad die Treppe hoch.

Die Vorstellung konnte beginnen.

Ich stieg die Treppe hinunter und stolzierte in die Küche. »Gibt es etwa Brathähnchen? Mmm.« Lecker und prima zum Vollkleckern.

Thea funkelte mich böse an. »Was soll das denn werden?«

Ich füllte einen Krug mit Wasser und schenkte die Gläser voll. »Was denn? Es gibt Abendessen und ich will Brathühnchen essen. Mit klebrigen, verschmierten Fingern. Und nachher geh ich noch raus, Rollschuh laufen.«

»Aber nicht in meinem Kleid! Warum hast du überhaupt mein Kleid an?«

Ich drehte mich. »Findest du nicht, dass es mir ziemlich gut steht?«

»Dad!«, rief Thea. »Minty ist in mein Zimmer gegangen, was sie nicht darf, und hat mein Kleid aus dem Schrank genommen. Und jetzt trägt sie es, ohne dass ich es ihr erlaubt habe!«

Dad stellte eine Schüssel mit Salat auf den Tisch. »Ihr beide seid alt genug, um eure Streitigkeiten unter euch zu regeln.«

»Aber das ist ungerecht!«, rief Thea. »Weißt du, was sie vorhin gemacht hat? Sie ist einfach in mein Zimmer gekommen und hat meine Sachen betatscht.«

Dad guckte genervt. Thea tappte voll in meine Falle. Ältere Schwestern hassen es, wenn man ihre Sachen anfasst, aber wenn sie einen deshalb bei den Eltern anschwärzen wollen, klingt es nur albern. *Was? Ich hab doch gar nichts kaputt gemacht.* Das perfekte Verbrechen.

»Thea, ich glaube, du übertreibst ein bisschen«, sagte Dad.

»Nein, tu ich nicht!«, kreischte Thea. »Ich habe hundertprozentig Recht und sie hat hundertprozentig Unrecht!«

Ich hatte echt Glück mit meiner megatheatralischen Schwester. Ich ließ mich auf einen Stuhl fallen und setzte ein Lächeln auf, von dem ich hoffte, dass es sie endgültig auf die Palme bringen würde. Mom kam von der Terrasse. »Was ist denn hier los?«

»Minty hat mein Kleid angezogen –«, setzte Thea an, aber Mom hielt die Hand hoch.

»Ich dachte, ich mach mich ein bisschen hübsch fürs Abendessen«, sagte ich. »Ich möchte nur, dass es hier etwas zivilisierter zugeht.«

»Mom!« Theas Stimme steigerte sich zu einem schrillen Quietschen. Es war ein unerfreuliches Geräusch. Mom zuckte zusammen.

»Hör sofort auf damit. Ich will kein Wort mehr hören. Minty, wenn du Thea geärgert hast, entschuldige dich oder bring es wieder in Ordnung. Und jetzt lasst uns in Ruhe zu Abend essen.«

»Du kleine Ratte!« Thea packte mich am Arm und zerrte mich die Treppe hoch. »Wenn du das Kleid nicht sofort ausziehst, werde ich dir dabei helfen!«

»Vorsicht, du zerreißt es!«, warnte ich. Ich ging in ihr Zimmer und zog das Kleid aus. Sie prüfte, ob es irgendwo kaputt war – wundersamerweise nicht –, dann hängte sie es in den Schrank zurück.

»Trag. Nie. Wieder. Meine. Kleider. Ohne mich vorher zu fragen. Nie wieder. Hast du gehört?«

Ich legte die Hand ans Ohr, als wäre ich schwerhörig. »Was hast du gesagt?«

»Du hast mich sehr gut verstanden.« Sie schäumte fast vor Wut. Aber da ich sie nicht bis zum Herzinfarkt treiben wollte, beschloss ich, es dabei zu belassen. Fürs Erste.

Operation ›Thea nerven‹ lief wie am Schnürchen.

Davids Geheimnis

Als ich am nächsten Tag aus dem Schwimmbad nach Hause kam, saßen Mom und Wendy in der Küche und tranken Kaffee. Fast wäre ich in eine Unterhaltung geplatzt, die mit ziemlicher Sicherheit nicht für meine Ohren bestimmt war. Ich blieb vor der Küchentür stehen und lauschte.

»Ohne Troy wäre alles so schön«, sagte Wendy gerade. »Jedes Mal wenn Ken meine Hand hält, trennt uns Troy mit einem Karateschlag. Wann immer Ken und ich verabredet sind, fällt Troy auf den Boden und tut, als hätte er einen Anfall. Er will wirklich um nichts in der Welt, dass sein Vater eine Freundin hat. Ich –«

Sie sprach plötzlich nicht weiter. Es folgten ein paar angespannte Sekunden des Schweigens, in denen ich versuchte, die Luft anzuhalten. Dann rief Mom: »Bist du das, Minty?«

Ertappt. So viel dazu, den hautnahen Exklusivbericht zum Thema Troy zu bekommen. Ich gab auf und ging in die Küche.

»Ja, ich bin's. Hi, Wendy.«

»Hi, Minty«, sagte Wendy. »Schön, dass du da bist. Ich habe ein Problem, und vielleicht kannst du mir ja einen Rat geben.«

»Mit Troy?« Ich setzte mich an den Tisch und nahm mir einen Keks. »Sein Problem ist, dass er ein totaler Blödmann ist.«

»Ich glaube, er ist einfach unglücklich«, sagte Wendy. »Er vermisst seine Mutter. Deshalb verhält er sich so …« Sie zögerte.

»Nervtötend?«, schlug Mom vor. »Ist das das Wort, nach dem du gesucht hast?«

»Er war aber schon so, bevor seine Mutter ihn und seinen Vater verlassen hat«, sagte ich.

»Gut, aber vielleicht war er ja auch schon unglücklich, bevor sie gegangen ist«, sagte Wendy. »Sie muss ja einen Grund gehabt haben, zu gehen, oder? Ich könnte wetten, dass sie schon lange unglücklich war und dass Troy es gespürt hat.«

Es schien mir ungerecht, dass Troy mit seinen Gemeinheiten davonkommen sollte, bloß weil er unglücklich war. Jeder ist mal unglücklich. Aber das ist ja kein Freifahrtschein, andere zu ärgern.

Wie aufs Stichwort stürmten Troy und David wild brüllend durch unseren Garten. Troy bewarf David mit Tomaten und David jagte Troy mit einem Rechen.

Wendy seufzte. »David ist auch nicht gerade ein guter Einfluss. Ich frage mich, warum *er* so … ähm …«

»Ungezogen ist?«, schlug Mom vor.

»Wenn du so willst«, sagte Wendy. »Was meinst du, Minty?«

»Wegen seiner Schwestern«, sagte ich. »Sie erzählen ihm ständig, wie doof er ist, und er glaubt es ihnen. Na ja, er ist ja auch *irgendwie* doof. Vor allem seine Rechtschreibung ist grottenschlecht und er hat Angst, dass er die Klasse wiederholen muss.«

Wendy und Mom starrten mich an. »Woher weißt du das?«

»Ich … weiß es einfach.«

»Dieser Junge benimmt sich zwar unmöglich«, sagte Mom. »Aber dumm ist er nicht.«

»Armes Kind!« Wendy schüttelte den Kopf. »Dass er sich darüber Sorgen macht. Ich weiß, wie gemein große Schwestern sein können. Ich bin selbst eine. Ich kenne sämtliche Tricks.«

»Du bist eine große Schwester?« Ich konnte es nicht glauben. Sie machte immer so einen gutmütigen und freundlichen Eindruck.

»Ja«, sagte Wendy. »Und manches, womit ich

meine kleinen Brüder geärgert habe, tut mir echt leid. Nicht, dass sie es nicht manchmal verdient gehabt hätten.« Sie sah aus dem Fenster und beobachtete die Jungs, die versuchten, sich gegenseitig Gras in den Mund zu stopfen.

»Vielleicht könntest du David helfen«, schlug ich vor. »Du könntest ihm Nachhilfe in Rechtschreibung und beim Große-Schwester-Zähmen geben.«

»Das ist eine gute Idee, Minty«, sagte Wendy. »Und wenn ihm das hilft, ein bisschen ruhiger zu werden, ist er vielleicht auch kein so schlechter Einfluss mehr für Troy.«

»Ja … vielleicht.« Im Stillen hielt ich das für eine unrealistische Wunschvorstellung. Abgesehen davon war ich ziemlich sicher, dass Troy einen schlechten Einfluss auf David ausübte und nicht umgekehrt.

»Das ist wirklich ein guter Rat, Minty«, sagte Mom. »Danke für deine Hilfe.«

»Jederzeit«, sagte ich. »Erzählt mir all eure Geheimnisse, ich werde mich darum kümmern.«

So wie der Geheimnisbaum, dachte ich.

Auf der Straße rief Otis: »Maiiiiiis! Frischer Mais! Meeeeeeeloooonen …«

»Mmm, Mais zum Abendessen«, sagte Wendy.

»Halt ihn an, Minty.« Mom nahm ihre Handtasche vom Küchentisch und kramte nach ihrem Portemonnaie. »Wir kommen auch gleich.«

Ich rannte auf die Straße und stoppte Otis. Er brachte Esmeralda mit einem Zungenschnalzen zum Stehen. »Was ist los, Minty? Hey, schau dir nur mal diese Aura an. Wird wieder heller. Und an den Rändern fast ein bisschen golden.«

»Ist das gut?«

»Ich würde mal sagen, das ist eine Verbesserung. Ich bin schon ganz trübsinnig geworden bei deinem Anblick und dieser dunklen, undurchdringlichen Aura, die du mit dir herumgeschleppt hast.«

»Ich fühle mich wirklich ein bisschen besser.«

»Sag mal, auf dem Weg hierher bin ich an einem Streifenwagen vorbeigekommen, der zum Hexenhaus gerast ist. Mit blinkenden Lichtern und allen Schikanen.«

»Was?«

»Ich dachte, vielleicht interessiert dich das.«

Ich rannte über die Straße in den Wald.

»Minty, wo willst du hin?«, rief mir Mom hinterher.

»Ich komm gleich wieder!«, rief ich über die Schulter, auch wenn ich nicht wusste, ob das stimmte. Alles, was ich wusste, war, dass Raymond vielleicht in der Patsche saß.

Die Polizei

Otis hatte Recht. Der Streifenwagen parkte direkt vor dem Hexenhaus und sein rotes Licht rief warnend *Gefahr, Gefahr.* Ich blieb dicht am Waldrand, um mich in einem günstigen Moment heranzuschleichen.

Auf der baufälligen Veranda klopften zwei Polizeibeamte in Uniform kräftig gegen die Tür. Die Tür wurde aufgemacht. Ich konnte nicht sehen, von wem. Die Beamten zeigten ihre Erkennungsmarke und sagten etwas. Sie gingen ins Haus. Die Tür schloss sich.

Ich wartete ein paar Minuten. Nichts passierte.

Wo war Raymond?

Ich rannte gebückt zwischen den verlassenen Häusern hindurch zum Musterhaus. Ich schaffte es auf die Veranda und drehte am Türknauf. Es war abgeschlossen. Ich drückte auf die Klingel. Sie gab diesen dämlichen offiziellen Ton von sich: *ding-dong, ding-dong* … Ich presste mein Gesicht an die Scheibe, damit Raymond sah, dass ich es war, nicht die Polizei.

Er öffnete die Tür. »Komm rein – schnell!«

»Was ist denn hier los?« Ich war außer Atem und konnte kaum sprechen.

»Ich weiß nicht.« Raymond schloss die Tür hinter mir. »Geh vom Fenster weg.«

Er rannte nach oben, krabbelte auf allen vieren in das rosa Zimmer und spähte aus dem Fenster. Sein Gesicht verdeckte er mit dem Vorhang. Ich folgte seinem Beispiel.

Alle paar Minuten sahen wir einen Polizeibeamten an einem der Fenster des Hexenhauses vorbeilaufen. Sie gingen jedes Zimmer, jedes Stockwerk ab und durchsuchten das ganze Haus.

»Wonach suchen sie?«, fragte ich.

Raymond gab keine Antwort. Aber sein Gesicht war bleich und seine Hände zitterten.

Ich dachte an das Nachbarschaftstreffen und die Gerüchte über den Herumtreiber und den Dieb. An all die Dinge, die Raymond gestohlen hatte. Vielleicht hatte ihm jemand die Polizei auf den Hals gehetzt. Vielleicht suchten sie nach Diebesgut –

– wie Mr Gorelicks Mundharmonika. Aber ich hatte sie doch zurückgebracht!

Ich legte Raymond die Hand auf den Arm. Er nahm sie und hielt sie fest. Seine Handflächen waren schweißnass.

Schließlich öffnete sich die Tür des Hexenhauses wieder und die Polizeibeamten traten auf die Veranda. Eine Frau blieb in der Tür stehen. Sie kam nicht mit heraus. Ihre Haare waren verfilzt und ihr altes Nachthemd hatte ein Loch unter einem Ärmel.

Die Hexenfrau.

Ich hatte sie noch nie richtig gesehen. Das hatte bis auf Paz noch niemand, und damals hatte die Hexenfrau noch eine Maske getragen. Auch jetzt erkannte ich sie nur undeutlich. Sie hielt sich im Dunkel ihres Hauses, das Gesicht war nicht zu erkennen.

Die zwei Polizisten liefen zwischen den unfertigen Häusern hindurch und sahen sich um. Sie kamen auf das Musterhaus zu. »Geh in Deckung!«, befahl Raymond.

Ich duckte mich und hielt die Luft an. Ich wartete darauf, ihre Schritte auf der Veranda zu hören, das Klingeln der Türglocke, das Öffnen der Tür und ihre Schritte auf der Treppe …

An der Haustür wurde gerüttelt. Und noch mal gerüttelt. Dann war es kurz still. Raymond und ich gaben keinen Mucks von uns, wir starrten einander nur an.

Nach einer gefühlten Ewigkeit hob ich vorsichtig den Kopf und spähte aus dem Fenster. Die beiden Polizisten stiegen in den Streifenwagen und fuhren davon.

»Es ist gut«, sagte ich zu Raymond. »Jetzt sind wir sicher.«

Raymond ließ sich auf den Teppich fallen und schloss die Augen. »Das war knapp.«

»Hast du was angestellt?«, fragte ich.

Raymond holte tief Luft. »Es ist eine große Verwechslung. Mehr nicht.«

Er wollte nicht weiter darüber sprechen.

»Wenn dich die Polizei schnappt, verspreche ich dir, dass ich ihnen erzählen werde, wie nett du bist«, sagte ich. »Ich werde bei deiner Verhandlung als Zeugin aussagen. Und ich werde ihnen sagen, dass du unschuldig bist. Alles, was du brauchst.«

Raymond warf mir einen Blick zu, als glaube er mir nicht. Ich hätte heulen können, denn es war mein Ernst. Ich würde alles tun, um ihm zu helfen. Unsichtbar oder nicht, er war mein Freund.

Er blickte sich noch einmal nach den Polizisten um. Sie waren nicht mehr zu sehen und die Tür zum Hexenhaus war geschlossen. Wir gingen ins Wohnzimmer hinunter. Er nahm seine Mundharmonika und spielte ein langsames, trauriges Lied.

»Das ist schön«, sagte ich.

Er hörte zu spielen auf. »Ich bring's dir bei. Wo ist deine Mundharmonika?«

Mir blieb fast das Herz stehen. Vor dieser Frage hatte ich mich gefürchtet. Raymond beobachtete mich und wartete auf eine Antwort.

»Ich habe sie nicht dabei«, gestand ich.

»Oh. Dann bring sie nächstes Mal wieder mit.« Raymond spielte ein *Tralleralala!*

»Das geht nicht«, sagte ich. »Ich … hab sie nicht mehr.«

»Wie? Hast du sie verschenkt?«

»So ähnlich.«

»Aber sie war doch ein Geschenk.«

»Ich weiß, aber …« Ich wollte ihm nicht sagen, dass ich sie Mr Gorelick zurückgebracht hatte. Doch Raymond wartete auf eine Erklärung. »Raymond, war sie gestohlen?«

»Nein. Ich habe sie nicht gestohlen.«

»Mr Gorelick hat erzählt, dass jemand eine Mundharmonika aus seiner Garage gestohlen hat. Und weil ich wusste, dass du Sachen aus anderen Garagen genommen hast, wie mein Schulfoto und das von Kip –«

»Dachtest du, ich hätte die Mundharmonika auch gestohlen?«

»Na ja, ich –«

»Ich habe sie aber nicht gestohlen.«

»Es tut mir leid. Ich hatte Angst, sie sei gestohlen«, sagte ich. »Deshalb habe ich sie in Mr Gorelicks Garage zurückgelegt.«

»Was?«

Da ich es nicht wiederholen wollte, schwieg ich.

»Ich hab sie dir geschenkt«, sagte er.

»Ich weiß.«

»Dann hol sie dir zurück.«

»Ich kann nicht. Sie gehört nicht mir. Sondern Mr Gorelick.«

Er ließ seine Mundharmonika auf den Boden fallen. »Das glaub ich nicht. Du hältst mich für einen Dieb.«

»Nein, das stimmt nicht«, sagte ich lahm. »Ich wusste – bloß – na ja, ich hab dich doch dabei ertappt, als du ...«

»Ich dachte, wir sind Freunde.« Er rannte die Treppe hoch.

»Raymond, warte!« Ich rannte ihm hinterher. Ich fand ihn in seinem Zimmer, dem Zimmer mit den Booten und den Ankern. Er lag unten im Doppelstockbett und hielt ein schwarzes Plüschtier umklammert.

»Du hältst mich für einen Dieb«, wiederholte er.

»Es tut mir leid. Ich habe einen Fehler gemacht! Ich glaube nicht, dass du ein Dieb bist. Ich finde, du bist ein toller Freund! Ich mag dich wirklich.«

»Du hast mein Geschenk weggegeben.«

»Ich frage Mr Gorelick danach«, versprach ich. »Vielleicht gibt er sie mir zurück –«

Ich sah mir das Plüschtier in seinem Arm genauer an. Es kam mir bekannt vor.

Es war eine Katze.

Marcella.

»Wo hast du diese Katze her?«, fragte ich.

»Sie gehört mir.« Er umklammerte sie fester, als habe er Angst, ich könnte sie ihm wegnehmen.

»Ich weiß. Aber wo hast du sie her?«

»Ich hab sie nicht gestohlen, falls du das denkst. Meine Mutter hat sie mir geschenkt.«

Seine Mutter … die Hexenfrau.

Sie hatte Marcella Paz von der Schulter gerissen. Und sie hatte die Katze ihrem Sohn gegeben.

Raymond.

Lennie wollte Marcella zurückhaben. Nur dann würde sie den Voodoo-Zauber zurücknehmen, mit dem sie Paz verwünscht hatte.

Aber Raymond glaubte, Marcella gehöre ihm. Und sei ein Geschenk von seiner Mutter. So fest, wie er sie hielt, würde er sie niemals herausgeben – schon gar nicht mir, dem grässlichen Mädchen, das seine Mundharmonika zu Mr Gorelick gebracht hatte und ihn für einen Dieb hielt.

Ich hätte ihm Marcella entreißen und mit ihr weglaufen können. Ich hätte den ganzen Weg nach

Hause rennen und Lennie die Katze geben und Paz retten können.

Ich hätte es tun können. Aber ich brachte es nicht übers Herz.

Ich streckte die Hand nach Marcella aus. Raymond riss sie zurück. Ich streckte die Hand noch weiter aus und berührte ihr Fell.

Ich streichelte sie.

Er drehte sich um und drückte sein Gesicht ins Kissen.

»Raymond, bitte verzeih mir.«

Er rührte sich nicht. Er sagte kein Wort.

Ich setzte mich neben ihn, wartete, lauschte. Das Haus war ganz still. Und es hatte den Geruch von Raymond angenommen: eine Mischung aus Matsch und Mortadella und Ketchup und Kleber. Der Geruch nach frischer Farbe und neuem Teppich war verflogen. Das Haus gehörte Raymond.

Durch das Fenster konnte ich ins Obergeschoss des Hexenhauses blicken. Die Hexenfrau stand hinter einem kaputten Fliegengitter und starrte nach draußen. Ihr Gesicht sah hart aus. Aber ich konnte nicht sagen, ob sie wütend war oder sehr, sehr traurig.

Unten klackerte der Kühlschrank und begann zu brummen. Es war das einzige Geräusch im Haus.

»Fühlst du dich nicht manchmal einsam, so ganz alleine hier?«, fragte ich.

»Lass mich.«

Es klingt toll, ein ganzes Haus für sich allein zu haben. Aber so toll ist das in Wirklichkeit gar nicht, glaube ich.

Von der anderen Seite des Waldes hörte ich die Schiffsglocke bimmeln, es war, als hätte Mom gespürt, dass ich an sie dachte, und beschlossen, mich nach Hause zu rufen.

»Ich muss gehen«, sagte ich zu Raymond. »Aber ich komme wieder. Und du kannst immer zu mir kommen, wenn du willst. Du weißt ja, wo ich wohne.«

Er rührte sich nicht. Ich hasste es, ihn so zurückzulassen, aber ich musste los.

Draußen war es düster geworden. Die Luft roch nach Metall. Und nach Regen. Wind kam auf. Ich lief durch den Wald und hoffte, dass ich es schaffen würde, bevor der Sturm losging.

Ein Windstoß trieb mich vorwärts. Der Wind sang in den Baumwipfeln. Als ich am Geheimnisbaum vorbeikam, meinte ich den Geist von Crazy Ike kichern zu hören.

Nicht alle Geheimnisse lagen im Baum. Ein paar schleppte man immer mit sich herum, weil man sie nicht loslassen konnte.

Die neue Komplizin

Nach dem Essen hörte der Regen auf. Ich ging rüber zu Paz, um zu sehen, welche Fortschritte die Operation ›Wir nerven unsere Schwestern‹ bei Melina gemacht hatte.

Lennie ließ mich herein. Ich hätte ihr am liebsten unter die Nase gerieben, dass ich Marcella gesehen hatte, aber ich hielt den Mund. Was hätte es genutzt? Da ich es nicht über mich gebracht hatte, Raymond Marcella wegzunehmen, wäre Lennie nur sauer auf mich gewesen. Vielleicht hätte sie dann auch eine Voodoo-Puppe von mir angefertigt und das wollte ich nicht riskieren.

Ich musste Lennie auf andere Art überzeugen, den Fluch zurückzunehmen. Es waren einfach zu viele Kämpfe in unserem Viertel! Wenn ich zu lange darüber nachdachte, wurde mir ganz schwummrig.

»Paz ist in unserem Zimmer«, sagte Lennie und führte mich die Treppe hoch. »Aber sie ist nicht allein.«

»Was heißt das? Wer ist bei ihr?«

»Wirst ja sehen.«

Als ich ins Zimmer kam, saß Paz dort mit Isabelle und sie lackierten sich gegenseitig die Fußnägel blau. Der Lack hatte die Farbe von blauen Flecken.

»Hey, Minty«, Paz' Stimme klang freundlich und fröhlich, aber sie schien auch ein bisschen nervös zu sein.

Isabelle blickte kurz auf und sagte Hallo, danach konzentrierte sie sich wieder auf Paz' linken großen Zeh. Es war nicht gerade die herzlichste Begrüßung, die ich je erlebt hatte. Vermutlich musste ich einfach so tun, als wüsste ich nicht, dass sie eine Poolparty gefeiert und mich nicht eingeladen hatte.

»Soll ich wieder gehen?«, fragte ich.

»Nein! Warum?« Paz drehte die Nagellackflasche zu und schüttelte sie.

»Setz dich.« Lennie machte mir Platz auf ihrem Bett. »Wenn du die Dämpfe aushältst.«

»Ich wollte nachfragen, wie die Dinge bei Melina stehen«, sagte ich. »Ist sie immer noch sauer auf Thea?«

»Oh ja«, sagte Paz. »Aber mich *hasst* sie. Ich habe eine Parodie auf eines ihrer Lieder geschrieben.«

»Das war wirklich fies«, sagte Lennie.

»Außerdem hab ich ihr ein hart gekochtes Ei in den Kleiderschrank gelegt, das sie erst finden wird, wenn es vor sich hin fault«, sagte Paz.

»Und ich habe gedroht, ihr im Schlaf die Haare abzuschneiden«, fügte Lennie hinzu. »Bald wird sie um Gnade flehen.«

»Mein Teil des Plans funktioniert auch ganz gut«, sagte Isabelle.

»Was ist denn genau dein Teil des Plans?«, fragte ich.

»Mein Bruder, Martin«, antwortete Isabelle. »Er steht ziemlich auf Melina.«

»Echt?« Jetzt, wo Isabelle es erwähnte, fiel mir wieder ein, dass Martin Paz gefragt hatte, ob Melina auch zur Poolparty kommen würde, und dass er sich gefreut hatte, als sie Paz abholen kam.

»Und wie«, bestätigte Isabelle. »Aber er ist viel zu schüchtern, um ihr das zu sagen.«

»Das ist Teil drei des Plans«, sagte Paz. »Wenn Melina auch einen Freund hat, werden ihr Thea und Kip bestimmt egal sein.«

»Und sie wird Thea viel leichter verzeihen«, sagte Isabelle.

»Sehr clever.« Jetzt, wo sie sich endlich nützlich

machte, wurde mir Isabelle ein kleines bisschen sympathischer.

»Ich muss ihn bloß noch dazu bringen, dass er Melina endlich sagt, dass er sie mag«, sagte Isabelle. »Das wird der schwierige Teil.«

»Du bearbeitest ihn und wir nerven weiter unsere Schwestern«, sagte ich. »Wenn wir das zu viert durchziehen, muss der Plan einfach funktionieren.«

»Wir geben ein ziemlich gutes Team ab«, sagte Isabelle.

So weit würde ich noch nicht gehen. Dazu hatte ich Isabelles kaltschnäuziges Verhalten noch zu gut in Erinnerung. Aber ich war bereit, ihr Theas und Melinas Freundschaft zuliebe eine Chance zu geben.

Eine Chance. Aber wenn sie wieder irgendetwas Gemeines tat oder irgendeinen fiesen Trick auf Lager hatte, wäre Schluss. Dann konnte Paz sie behalten.

Sommer ist das Letzte

»Schau mal, Dad. Das Poster hier habe ich gerade für mein Zimmer gemalt.« Ich trug mein neuestes Kunstwerk auf die Terrasse, wo Dad sich das Orioles-Spiel im Radio anhörte und Thea in der Sonne schmökerte. Ich hatte den ganzen Vormittag an einem riesigen Roller-Derby-Poster gearbeitet. Es war ein Bild von mir im Trikot, auf dem ich mit grimmiger Miene einer Läuferin der gegnerischen Mannschaft einen Hüftstoß verpasste. Darüber hatte ich in großen roten Buchstaben geschrieben: *Die Catonsville Nine mit Minty Fresh!* »Wie findest du es?«

Dad betrachtete das Poster eingehend. Er hatte mich beim Roller Derby immer unterstützt. »Sehr schön, Minty. Mir gefallen vor allem die Farben –

wo hast du bloß so ein leuchtendes Rot her? Und diese zarten Pastellfarben –« Er beugte sich über das Poster und berührte das pudrige Hellblau, das ich für den Hintergrund verwendet hatte. An seinem Finger blieb etwas von dem Blau haften. »Ölfarbe ist es nicht, und auch kein Buntstift …«

»Nein, das ist es beides nicht.« Ich grinste. »Ich habe dieses Mal etwas ganz anderes ausprobiert.«

Der hinterhältige Unterton in meiner Stimme musste Theas Aufmerksamkeit geweckt haben. Sie sah hoch und warf einen Blick auf das Poster.

Sie sah noch mal hin. Dann stand sie auf und wischte mit dem Finger über die schwarze Linie des Helms. »Hey … Minty, was ist das?«

»Es ist – es ist, ähm …« Jetzt, wo ich die Aufmerksamkeit hatte, die ich wollte, bekam ich doch kalte Füße. »Es ist, ähm, etwas, womit man echt toll malen kann –«

»Etwas, das du in meinem Zimmer gefunden hast!«, fauchte Thea. »Das ist mein Schminkzeug!«

»Was?« Dad sah sich das Poster noch mal an. »Das hast du mit Schminke gemalt?«

Thea rannte nach oben, um sich davon zu überzeugen. Eine Minute später erschütterte ihr Schrei den friedlichen Sommermorgen.

»Minty! Ich bring dich um!« Sie kam wieder herausgestürmt. »Dad! Sie hat mein ganzes Make-up für dieses dämliche Poster benutzt!«

»Minty! Stimmt das?«

Was sollte ich sagen? Ich hatte gewusst, dass Thea deswegen ausflippen würde. Ich öffnete den Mund und hoffte, mir würde schon irgendeine gute Antwort einfallen. Doch ein glücklicher Zufall rettete mich. Dads Telefon vibrierte. Er hatte an diesem Tag Bereitschaft.

»Einen Moment.« Dad hielt die Hand hoch, um uns während des Telefonats zum Schweigen zu bringen. Er erhob sich und ging beim Reden auf und ab. »Ja? Ja. Gut. Ich bin gleich da.« Er beendete das Gespräch. »Tut mir leid, Mädels, ich werde im Krankenhaus gebraucht. Wir reden später drüber. Minty – lass die Finger von den Sachen deiner Schwester, okay?«

Thea stöhnte und stampfte frustriert mit dem Fuß auf. »Ist das alles, was du unternimmst? Du brüllst sie nicht an oder bestrafst sie oder irgendwas?«

Dad ging ins Haus, um sich andere Schuhe anzuziehen. »Thea, ich habe im Moment keine Zeit dafür. Red mit deiner Mutter darüber, wenn sie nach Hause kommt.«

»Ihr unternehmt nie irgendwas gegen sie! Sie ist die größte Nervensäge der Welt und ihr lasst ihr einfach alles durchgehen!«, schrie Thea.

Dad nahm seine Autoschlüssel, drückte ihr einen Kuss auf die Stirn, küsste dann mich auf die

Stirn, warf uns noch ein »Seid brav« zu und fuhr ins Krankenhaus.

Thea durchbohrte mich mit Blicken. Ich war die lästigste kleine Schwester der Welt und keiner scherte sich darum. Sie musste jemand finden, der auf ihrer Seite stand, oder sie würde vor Wut platzen.

»Bis Mom nach Hause kommt, bestimme ich hier«, erklärte sie. »Ich gehe raus. Aber du rührst dich nicht von hier weg.«

Sie schlug die Tür hinter sich zu. Zwei Häuser weiter steckte Kip in der Einfahrt den Kopf unter die Motorhaube seines Autos. »Kip!«, sie rannte auf ihn zu. »Kip, du wirst es nicht glauben!«

Ich ging auch nach draußen und setzte mich auf die Verandatreppe, um sie zu beobachten, und scherte mich kein bisschen um ihren Befehl. Weiter die Straße hinunter, gleich hinter Kips Haus, stellte Paz ein Mikrofon und einen Ghettoblaster in den Vorgarten. Lennie filmte alles mit Paz' Telefon. Ich deutete ein verschwörerisches Winken an. Sie winkten zurück.

Kip kam lächelnd und ölverschmiert unter der Motorhaube hervor.

»Thea! Hast du Lust, mir beim Wechseln der Zündkerzen zu helfen?«

Sie überhörte seine Frage. »Weißt du, was Minty gemacht hat? Sie hat mit meinem Schminkzeug ein

Bild gemalt. Meine ganzen Lieblingslippenstifte, Lidschatten und Kajalstifte – sind zu nichts mehr zu gebrauchen!«

Kips Lächeln verschwand. Ich kicherte vor mich hin. Man sah, dass das ein Problem war, mit dem er nichts anfangen konnte.

»Ständig geht sie in mein Zimmer und *betatscht* meine Sachen!« Thea sah, dass er sie nicht verstand, aber sie musste mit jemandem darüber reden, wie schrecklich ihr Leben als große Schwester war. »Sie zieht einfach meine Klamotten an, sie kennt überhaupt keine Grenzen –«

»Ach, komm«, sagte Kip. »Sie ist ein nettes Mädchen.«

Theas Miene verdüsterte sich unheilverheißend. Kip hatte nicht das gesagt, was sie hören wollte.

»Na ja, vielleicht kannst du dich an ihr rächen, indem du *ihre* Klamotten anziehst«, schlug Kip halbherzig vor.

Thea riss sich vor Wut fast die Haare aus. »Sie hat doch bloß Babyklamotten! Die passen mir nicht, und selbst wenn, würde ich sie nicht tragen wollen. Außerdem ist die Hälfte davon abgetragenes Zeug von mir – das bringt überhaupt nichts!«

Kip steckte den Kopf wieder unter die Motorhaube. »Verstehst du das nicht?«, rief Thea.

»Doch«, brummte er. »Ich verstehe schon. Casey führt sich manchmal auch wie eine echte Nervensäge auf.« Aber er verstand es doch nicht. Sonst wäre er nämlich total empört gewesen. Aber seine kleine Schwester, Casey, war still und überhaupt nicht frech.

Weiter unten beim Haus der Calderons fiepte Paz' Mikrofon. Sie schaltete den Ghettoblaster ein und fing an zu singen. Lennie lief mit dem Telefon um sie herum und filmte alles.

»Hey, hey, weg mit dir, blöder heißer Sommer hier
Bäng, bäng, riech doch mal, Stinkefüße, welche Qual
Warum, warum heul ich hier rum, hab was im Auge,
ach wie dumm
Sommer ist das Letzte, Sommer ist das Letzte …«

»Hey«, sagte Thea. »Das ist doch Melinas Song. Was macht Paz denn da?«

»Es ist ziemlich gut.« Kip wippte im Rhythmus, ohne wirklich auf den Text zu achten.

Melina stürmte aus dem Haus, dass die Fliegengittertür hinter ihr zuschlug. »Was soll das?« Sie entriss Paz das Mikrofon und drehte den Verstärker aus.

Paz tat ganz unschuldig. »Ich wollte auch so einen Song schreiben wie du.«

»Und ich drehe das Video dazu, damit wir ihn auf YouTube einstellen können«, fügte Lennie hinzu.

»Keine Angst, wir schreiben dazu, dass er von dir ist«, sagte Paz.

»Du hast einfach mein Lied verhunzt! Du machst mich vor der ganzen Nachbarschaft lächerlich!«

Melina schaute verlegen zu Thea und Kip hinüber. Dann nahm sie Lennie das Telefon weg. »Vor der ganzen Welt!«

Ich musste näher ran, damit ich nichts verpasste. Ich lief die Straße zu Kips Haus hinunter. Thea schaute zu Melina. Ich sah es ganz deutlich – Mitgefühl. Hier standen zwei Mädchen, die einander verstanden. Zwei Mädchen mit demselben Problem: nervenden kleinen Schwestern. Zwei beste Freundinnen.

Melina rannte auf Thea zu. Thea rannte ihr entgegen. Es war genau wie in alten Filmen, wo zwei Liebende in Zeitlupe aufeinander zuliefen. Kip blickte kaum von seinem Wagen auf.

»Ich fass es nicht, was Paz dir gerade angetan hat«, sagte Thea. »Aber warte, bis du hörst, was Minty sich geleistet hat!«

»Was? Erzähl mir alles, und dann überlegen wir, wie wir uns an ihnen rächen können.«

Ich ging zu Paz und Lennie, während Thea und Melina ihre gesammelten Große-Schwester-Sorgen beieinander abluden. Endlich hatten sie jemanden, der sie verstand.

»Gute Arbeit«, sagte ich zu Paz und Lennie.

»Ebenfalls«, sagte Paz.

»Sie reden wieder miteinander«, sagte Lennie. »Das ist doch mal ein Anfang.«

»Und was ist mit den Racheplänen, die sie schmieden wollen?«, fragte ich. »Was meint ihr, wie schlimm das wird?«

»Ich glaube, so weit kommen die nie«, sagte Paz. »Sie werden viel zu sehr mit ihren neuen Freunden beschäftigt sein.«

»Freunden? Plural?«

»Martin hat Melina endlich gestanden, dass er sie mag«, sagte Lennie. »Kip ist ihr mittlerweile egal.«

»Dann können wir ja jetzt aufhören, unsere großen Schwestern zu quälen«, sagte Paz.

»Och, nee – schon?«, sagte ich. »Ich kann nicht einfach von jetzt auf gleich damit aufhören. Ich kann gar nicht anders, als Thea zu nerven.«

Da lachte Paz ihr gutes altes Paz-Lachen. Und ich hatte das Gefühl, dass wir wieder wie früher Freundinnen waren. Oder fast so wie früher.

»Hey«, sagte sie. »Hast du Lust, nachher mit Isabelle und mir ins Schwimmbad zu gehen?«

»Klar.« Ich war glücklich. Vielleicht würde es mit Paz nicht mehr ganz so sein wie früher. Aber vielleicht wurde es sogar noch besser.

»Und ich?«, fragte Lennie.

»Tja, das Schwimmbad ist für alle da, ich kann

dich also nicht davon abhalten, auch hinzugehen«, räumte Paz ein.

Lennie funkelte sie böse an. Ihre Miene sagte: *Das wird dir noch leidtun.*

Eine Stunde später schwoll Paz' Zunge an.

Raymonds Geheimnis

Dad gab Paz ein Antihistamin, das die Schwellung ihrer Zunge milderte. Er meinte, es könne irgendeine allergische Reaktion sein. Aber ich kannte ja den wahren Grund.

Paz ging es danach besser. Doch ich wusste, dass mit Lennie nicht zu spaßen war.

Ich beschloss, lieber Marcella zurückzuholen, bevor Lennie den Fluch zu weit trieb.

Ich machte mich auf den Weg zu Raymond.

Unterwegs fand ich ein neues Geheimnis:

Ich bin in Melina verliebt.

Sieh an. Garantiert Martin Barton. Hoffentlich hatte Raymond ein Bild von Martin parat, um das Geheimnis darunterzukleben.

Ich klingelte – *ding-dong, ding-dong* –, aber niemand öffnete. Ich lauschte, ob sich im Haus etwas rührte. Vielleicht versteckte sich Raymond ja. Schließlich war er supersauer auf mich.

Im Haus war es still. Ich klopfte. »Raymond, bitte mach auf!«

Nichts.

Ich klopfte noch einmal. »Es tut mir leid wegen der Mundharmonika! Ich besorge mir eine neue!«

Schweigen.

»Ich hab ein neues Geheimnis, das ich dir zeigen möchte!«

Als immer noch keine Antwort kam, drehte ich am Türknauf. Es war nicht abgeschlossen.

Ich ging hinein. Raymond war nicht zu Hause. Ich sah in jedem Zimmer nach. Er war nicht da.

Merkwürdig, dachte ich. *Wo mochte er stecken?*

Marcella saß in einer Ecke der Wohnzimmercouch. Ich hob sie hoch. Ich hätte sie sofort zu Lennie zurückbringen können. Es wäre so einfach gewesen. Lennie würde den Fluch aufheben und Paz' Probleme wären auf einen Schlag gelöst.

Doch ich legte Marcella zurück und nahm mir das Geheimnisbuch vor. Raymond hatte ein Polaroid von Martin geknipst, als er sich gerade mit Kip unterhielt. Ich klebte *Ich bin in Melina verliebt* unter sein Bild. Endlich ein Erfolg.

Ich blätterte das Buch durch und sah mir all die Geheimnisse an, die wir im Laufe des Sommers den Menschen in der Nachbarschaft zugeordnet hatten. Troy und David, Thea und Melina, Lennie und Katie …

Ich beschloss, sie alle zu meiner Geburtstagsparty einzuladen, auch Katie und Lydia und Isabelle. Selbst die Fieslinge. Und Raymond, falls er kommen würde. Ich hatte immer nur eine beste Freundin gehabt: Paz. Doch jetzt hatte ich richtig viele Freunde und es wurden immer mehr.

Ich blätterte zu der Seite, auf der das Bild einer ziemlich missmutig dreinblickenden Lennie klebte. Und darüber stand ihr Geheimnis: *Ich habe meine Feindin verwünscht. Und es funktioniert.*

Ich nahm Marcella. Wo steckte Raymond bloß? Ich konnte ihm Marcella nicht einfach ohne eine Erklärung wegnehmen. Ich ging zum Küchenfenster und sah zu den schlammigen Gärten der unfertigen Häuser. Dann sah ich zu dem heruntergekommenen Hexenhaus. Und da war er.

Er stand im Hexenhaus am Wohnzimmerfenster und weinte. Die Hexenfrau stand vor ihm und sagte etwas.

Plötzlich schlang Raymond die Arme um sie und klammerte sich an ihr fest. Er weinte verzweifelt.

Zuerst stand die Hexenfrau einfach schweigend und reglos da und ließ die Arme herunterhängen, fast als hätte sie Angst, ihn zu berühren. Er umschlang sie noch fester und drückte sein Gesicht gegen ihren Bauch. Sie rührte sich nicht.

Raymond ließ nicht locker. Er ließ nie locker. Schließlich fing auch die Hexenfrau zu weinen an. Sie fiel auf die Knie und schlang die Arme ganz fest um Raymond.

Ich konnte ihm Marcella nicht wegnehmen. Ich verließ das Musterhaus und ging durch den Wald nach Hause.

Die Mundharmonika

»Hey, Minty!« Mr Gorelick stand in seiner Auffahrt und wienerte Old Donna. »Gehört die dir?«

In seiner Hand blitzte ein silberner Gegenstand. Ich ging zu ihm, um ihn näher zu betrachten. Es war die Mundharmonika, die Raymond mir geschenkt hatte.

»Dieses Blech-Sandwich hab ich gestern in meiner Garage gefunden«, sagte Mr Gorelick. »Hast du nicht genau so eine?«

»Ja, aber ich hatte sie verloren.« Ich nahm die Mundharmonika und freute mich, ihr kühles Gewicht wieder in meiner Hand zu spüren.

»Frag mich, wie sie dort hingekommen ist«, sagte Mr Gorelick. »Vielleicht treibt ja der Fledermausmann seine Spielchen mit uns. Ha-ha.«

»Gehört sie denn nicht Ihnen? Ich dachte, Ihre Mundharmonika wäre gestohlen worden.«

»Wurde sie gar nicht«, sagte Mr Gorelick. »Ich hab sie bloß verlegt. Na ja, eigentlich hat meine Frau sie vor mir versteckt.«

»Oh.« Dann hatte Raymond mein Geschenk also wirklich nicht gestohlen. Ich fühlte mich schrecklich.

»Das hier ist meine.« Er hielt eine große schwarze Mundharmonika in die Höhe und spielte ein paar Töne. »Das ist eine Suzuki Fire Breath. Judy behauptet, ihr Klang würde Kelly Angst machen. Ich weiß nicht, woher sie das wissen will – dieser Hund macht nichts anderes, als durch seine winzige Nase zu schnaufen und zu schnüffeln.« Er seufzte. »Ich mag Kelly natürlich, aber ein Hund ist nun mal kein Kind. Und ich hätte schon gern jemanden hier im Haus, der mich beim Mundharmonikaspielen unterstützt.« Er spielte ein paar Takte von »You Are My Sunshine«. »Ist das nicht schön?«

»Oh ja«, sagte ich. Ich legte die Mundharmonika an die Lippen und spielte mit.

Mr Gorelick grinste. »Wo hast du das denn gelernt?«

»Ein Freund hat es mir beigebracht.«

Er spielte das Lied noch einmal und ich begleitete ihn. Mrs Gorelick steckte den Kopf aus dem

Fenster und rief: »Was ist das für ein Lärm? Oh – hallo, Minty.«

»Hi, Mrs Gorelick. Wir spielen ein Duett.«

»Schön. Na ja … schön.« Sie schloss das Fenster. Mr Gorelick lachte und sagte: »Komm, wir spielen es noch mal.«

Wir spielten es immer und immer wieder, bis es wirklich gut klang. Ich dachte die ganze Zeit an Raymond und wie viel Spaß es ihm gemacht hätte mitzuspielen. Ich konnte es kaum erwarten, ihm zu erzählen, dass ich meine Mundharmonika wiederhatte.

Ich hoffte einfach, er würde mir verzeihen, dass ich sie je weggegeben hatte.

Bei der ersten Gelegenheit rannte ich zurück durch den Wald, um nach Raymond zu suchen. Als ich fast auf der anderen Seite war, sah ich ein rotes Licht blinken. Meine Haut kribbelte. Ich hatte ein ungutes Gefühl.

Vor dem Hexenhaus parkten zwei Streifenwagen. Die Hexenfrau stand auf der Veranda und weinte. Zwei Polizeibeamte hielten sie fest. Eine Frau im Hosenanzug führte Raymond zu einem der Autos und half ihm auf den Rücksitz.

Raymond wurde verhaftet! Die Polizei hatte ihn schließlich erwischt.

Ich dachte an all die Dinge, die die Nachbarn

gesagt hatten – von Diebstählen und Einbrüchen, Herumtreibern, Voodoo-Zauber, geheimnisvollen Krankheiten und Fledermausmännern … irgendjemand musste schließlich doch die Polizei gerufen haben – und aus irgendeinem Grund hielten sie Raymond für schuldig.

Dabei war gar nichts davon seine Schuld. Ich war die Herumtreiberin. Ich war der Fledermausmann. Ich war diejenige, die den anderen ihre Geheimnisse gestohlen hatte.

Raymond bekam nur meinetwegen Ärger.

»Warten Sie!« Ich rannte aus dem Wald und schwenkte die Arme. »Warten Sie! Sie machen einen Riesenfehler!«

Der Polizeibeamte hielt mich an, bevor ich Raymond erreichte. Die Hexenfrau tobte weiter wie eine Verrückte und zwei Beamte redeten ununterbrochen auf sie ein. Raymond saß still mit tränennassen Augen im Auto und hielt Marcella umklammert.

»Sie machen einen Riesenfehler!«, sagte ich zu dem Polizeibeamten. »Raymond ist unschuldig. Er hat Mr Gorelicks Mundharmonika gar nicht gestohlen.« Ich schwenkte die Mundharmonika, damit Raymond sie sehen konnte. »Raymond, schau! Ich habe sie zurückbekommen. Ich weiß, dass du sie nicht gestohlen hast.«

»Was redest du da?«, fragte der Beamte.

»Raymond hat nichts gestohlen. Na ja, jedenfalls nichts Wertvolles. Und ich war die, die herumspioniert hat, als meine Schwester auf die Kinder aufgepasst hat. Ich bin diejenige, die alle für einen Herumtreiber hielten! Es ist alles meine Schuld. Sie müssen ihn laufenlassen.«

Der Polizeibeamte blinzelte mich verdutzt an. »Miss, ich weiß nichts von einem Herumtreiber oder unheimlichen Vorfällen beim Babysitting. Das hier ist eine Angelegenheit des Jugendamtes. Ich fürchte, mehr darf ich dir nicht sagen.«

Die beiden anderen Beamten zerrten die Hexenfrau in den zweiten Streifenwagen und schlugen die Tür zu. Ich versuchte, zu Raymond zu kommen, aber der erste Beamte versperrte mir den Weg.

»Wo bringen Sie ihn hin?«, wollte ich wissen.

»Du brauchst dir keine Sorgen zu machen«, sagte der Beamte. »Er wird an einen Ort gebracht, wo er in Sicherheit ist. Jetzt wird alles gut.«

Raymond machte überhaupt nicht den Eindruck, als ginge es ihm gut. Er weinte. Die Frau im Hosenanzug legte den Arm um ihn und redete leise auf ihn ein. Er weigerte sich, sie anzusehen.

Die Beamten stiegen in ihren Streifenwagen und setzten zurück. Raymond winkte mir zu, es war ein klägliches Winken. Ich war froh, als ich sah, dass er keine Handschellen trug. Ich winkte zurück, dann spielte ich auf der Mundharmonika *ffflleeet!, fffllooot.*

Die beiden Polizeiautos fuhren mit blinkenden Lichtern davon und ich stand da und fragte mich, was in aller Welt gerade passiert war.

Raymond hatte mir das Versprechen abgenommen, niemandem von ihm zu erzählen. Aber das hier war ein Notfall. Er hatte ein Problem. Er brauchte Hilfe. Und die einzige Möglichkeit, ihm zu helfen, war sein Geheimnis preiszugeben.

Mir blieb keine andere Wahl.

Die Geschichte der Hexenfrau

An diesem Tag kam Dad pünktlich zum Abendessen aus dem Krankenhaus. Er setzte sich an den Tisch und sagte: »Ich habe Folgendes herausgefunden.«

Nachdem die Polizei Raymond in Gewahrsam genommen hatte, war ich nach Hause gerannt und hatte Mom und Thea alles erzählt. Thea konnte es nicht glauben, dass die Hexenfrau ein Kind hatte. Mom konnte es nicht glauben, dass ich einen Freund hatte, von dem ich nie erzählt hatte. Wir riefen Dad im Krankenhaus an und er versprach herauszufinden, was los war. Er hatte einen Freund, der Sozialarbeiter war und sich auskannte.

»Dein Freund Raymond Delmore junior war ein Ausreißer«, sagte Dad nun. »Das Jugendamt hatte ihn bei einer Pflegefamilie untergebracht. Aber dort hatte es ihm nicht gefallen und er ist ausgerissen. Die Polizei vermutete, dass er zu seiner Mutter, Jean Delmore, nach Hause gelaufen ist –«

»Ist das die Hexenfrau?«, fragte ich.

»Genau die.«

»Er hat aber gar nicht bei ihr gelebt«, sagte ich. »Er hatte sein eigenes Haus. Das Musterhaus in der neuen Siedlung.«

»Vermutlich hat er sich dort versteckt, als die Polizei nach ihm suchte«, sagte Dad.

»Aber wenn sie seine Mutter ist, warum durfte er dann nicht bei ihr bleiben?«, fragte ich.

»Sie ist krank, zu krank, um sich gut um Raymond zu kümmern. Eines Tages hat ein Sozialarbeiter einen anonymen Hinweis erhalten und Raymond ausgesperrt vor dem Haus seiner Mutter gefunden. Das war im Frühjahr vor ein paar Jahren. Es war sehr kalt und Raymonds Mutter hat die Tür nicht geöffnet, weil sie schlief – und zwar so tief, dass sie nicht aufgewacht ist.«

Ein anonymer Hinweis … Ich dachte an Otis.

»Warum haben sie nicht lauter an die Tür geklopft?«, fragte ich. »Was, wenn sie richtig, richtig laut an die Tür geklopft hätten? Vielleicht wäre sie dann aufgewacht.«

Dad schüttelte den Kopf. »Ist sie aber nicht. Und sie hat Raymond auch mehr als einmal ausgesperrt.

Sie hat es vielleicht nicht absichtlich getan. Ich denke, sie hat ihn einfach vergessen. So konnte er nicht bei ihr leben.«

»Man hat ihn bei einer Pflegefamilie untergebracht, damit er mit Menschen lebte, die sich besser um ihn kümmern konnten«, sagte Mom.

»Aber er ist von dort weggelaufen«, sagte ich. »Also mochte er sie wohl nicht.«

»Nein, er war nicht glücklich dort«, sagte Dad. »Und er hat seine Mutter vermisst.«

»Und was passiert jetzt?«, fragte ich. »Wenn sie ihn wieder zu der Pflegefamilie zurückschicken, wird er bloß wieder weglaufen.«

Dad runzelte die Stirn. »Im Augenblick ist er in einem Kinderheim und wartet auf einen Platz in einer neuen Pflegefamilie. Seine Mutter wird eine Weile im Krankenhaus bleiben. Sie wird versuchen, wieder auf die Beine zu kommen.«

»Es ging ihm gut im Musterhaus«, sagte ich. Doch schon in dem Moment, als ich es sagte, wusste ich, dass es nicht stimmte. Ich erinnerte mich daran, wie leer und einsam sich das Musterhaus angefühlt hatte. Wie sehr er das Geheimnisbuch über seine Freunde geliebt hatte, Freunde, die noch nicht mal wussten, dass es ihn gab. Wie er und seine Mutter geweint und sich aneinandergeklammert hatten.

Raymond brauchte eine richtige Familie und richtige Freunde.

»Könnten wir nicht Raymonds Pflegefamilie sein?«, fragte ich. »Er könnte doch bei uns leben!«

Mom und Dad tauschten einen *Wie bringen wir ihr es bei*-Blick. »Wir haben doch kein Zimmer für ihn«, sagte Mom. »Du müsstest dann zu Thea ins Zimmer ziehen.«

»Was? Auf keinen Fall«, protestierte Thea. »Ich teile mein Zimmer nicht mit Miss Tatschpfote.«

Ich konnte mir auch was Besseres vorstellen, als ein Zimmer mit ihr zu teilen, aber ich wollte Raymond unbedingt helfen. »Könnte ihn vielleicht jemand anderes in der Nachbarschaft aufnehmen?«

»Das ginge vermutlich«, sagte Dad. »Hast du denn jemand Bestimmten im Sinn?«

Hatte ich. Ich wusste die perfekte Familie für Raymond. Wenn bloß alles so laufen würde, wie ich es mir dachte.

Ein schöner Geburtstag

Ich habe am siebenundzwanzigsten August Geburtstag, am Ende des Sommers. Zeit, um zum letzten Mal all die Sachen zu tun, die man im Sommer macht, zum letzten Mal zu schwimmen und die letzten faulen Tage zu genießen. Zeit, um sich auf ein neues Schuljahr vorzubereiten. Zeit, um elf zu werden. Ich feierte meine Party auf der Rollschuhbahn, wie ich es immer vorgehabt hatte, und ich war froh darüber. Mom und Dad schenkten mir Knieschützer und einen Mundschutz, die ich gleich ausprobieren konnte. Von Paz bekam ich ein neues Roller-Derby-Trikot mit MINTY FRESH auf dem Rücken, das ich auch gleich anzog. Sie hatte sich das gleiche Trikot mit der Aufschrift PAX A. PUNCH machen lassen.

Thea und Melina drehten Runde um Runde und hielten Händchen mit Kip und Martin. Wendy und Mr Rogers hielten ebenfalls Händchen. Genau wie Mom und Dad. Es war ein großes Fest der Liebe. David und Troy zischten durch die Gegend und drohten, die anderen umzustoßen, trauten sich dann aber doch nicht.

Raymond kam ebenfalls zur Party. Seine neue Pflegefamilie hielt es für einen guten Zeitpunkt, ihn den Nachbarn vorzustellen. Raymond kannte sie natürlich alle schon, vor allem ihre Geheimnisse.

Während Isabelle und Lydia ihre Pirouetten übten, kam Katie auf mich zugerollt und sagte: »Roller Derby gefällt mir. Ich kenne allerdings noch nicht so viele Tricks.«

»Wollen wir mal zusammen üben?«, fragte ich. »Ich kann auch noch nicht besonders viel, aber zu zweit zu lernen, macht viel mehr Spaß.«

Sie lächelte. »Danke! Supergern.« Dann lief sie so schnell um die Bahn, dass ich wusste, dass sie es im Blut hatte.

Paz holte mich ein und hakte sich bei mir unter. Isabelle und Lydia hängten sich an die Kette, Katie auch.

»Paz, machst du mir auch so ein cooles Roller-Derby-Trikot wie deines und Mintys?«, fragte Isabelle.

»Klar«, sagte Paz. »Hast du dir schon einen guten Namen ausgedacht?«

»Noch nicht«, sagte Isabelle. »Das muss ich mir noch überlegen.«

»Wie wär's mit Fiesabella«, schlug ich vor. »Oder Auabella?«

»Isabella fällt schneller«, sagte Katie.

»Bellaflop«, fügte ich hinzu. »Du hast echt Glück, Isabelle – mit deinem Namen kann man alles Mögliche machen.«

»Ja, sieht so aus.« Isabelle schien gar nicht so glücklich, dass wir jetzt alle über Roller Derby sprachen.

»Wisst ihr, was – wir sind fünf.« Ich schaute auf die Reihe Mädchen, die eingehakt nebeneinander herliefen. »Das reicht für ein Team.«

»Jaa!«, rief Katie. »Wir könnten ein eigenes Team bilden.«

»Die Catonsville-Kracher«, sagte Lydia.

»Das gefällt mir«, sagte Paz.

»Das finde ich super!«, sagte ich.

»Herzlichen Glückwunsch, Minty«, sagte Paz.

Die Mädchen umringten mich und riefen »Herzlichen Glückwunsch!«. Wir stießen die Fäuste gegeneinander und brüllten: »Und los!« Wir waren schon dabei, ein Team zu werden.

Danach lief ich zum Rand, wo Raymond auf seinen gemieteten Rollschuhen schwankte. Ich nahm ihn an der Hand und zog ihn auf die Bahn. Paz nahm seine andere Hand und wir zogen ihn hinterher, bis er den Dreh raushatte.

Als alle Gäste eingetroffen waren, spielte Mr Gorelick ein paar Takte auf der Orgel – *törö-tara!* – und stand auf, um etwas zu verkünden. »Meine lieben Freunde, ich würde euch gern ein neues Mitglied unserer fröhlichen Runde vorstellen, Raymond Delmore junior. Er wird eine Weile bei Judy und mir wohnen. Wir freuen uns sehr, dass er bei uns lebt, und ich hoffe, ihr heißt ihn herzlich willkommen.«

Alle klatschten, ich am lautesten von allen. Raymond würde im Nachbarhaus wohnen! Und Mr Gorelick würde jemanden haben, mit dem er Mundharmonika-Duette spielen konnte. Mrs Gorelick umarmte Raymond. Er wurde rot, aber er sah glücklich aus.

Nach dem Rollschuhlaufen luden die Gorelicks alle zum Grillen ein. Über ihrer Haustür hing ein großes Schild mit der Aufschrift HERZLICHEN GLÜCKWUNSCH, MINTY, UND HERZLICH WILLKOMMEN, RAYMOND. Die ganze Nachbarschaft kam, um ihn kennenzulernen.

»Da ist ja das Geburtstagskind.« Otis schenkte mir eine Wassermelone zum Geburtstag. »Deine Aura sieht heute wunderbar aus – silbern und golden.«

»Danke, Otis.« Ich fühlte mich auch sehr glücklich.

»Und Raymond, mein Junge.« Otis schüttelte Raymonds Hand. »Freut mich sehr, dass du hier in der Gegend bleibst. Das sind nette Leute. Hier hast du eine Begrüßungsmelone.«

»Danke. Ich freu mich auch.« Raymond grinste und ging unter dem Gewicht der Wassermelone fast in die Knie. Wir legten unsere Melonen auf den Gartentisch, damit sich jeder ein Stück davon nehmen konnte.

Mr Rogers und Wendy kamen und hielten noch immer Händchen. Troy trottete mit missmutiger Miene hinter ihnen her.

»Mr Rogers sieht dünner aus«, sagte Raymond.

Er sah tatsächlich schlanker aus. Vermutlich hatte Troy es aufgegeben, die Diät seines Vaters zu sabotieren. Sein Plan funktionierte sowieso nicht – Wendy mochte Mr Rogers, egal, ob er dick oder dünn war.

David Serrano rannte auf Wendy zu und sprang ihr praktisch in die Arme, so sehr schien er sich zu freuen, sie zu sehen. Sie gab ihm Nachhilfe in Rechtschreibung und Schwesternzähmen. »Wendy! Ich brauch deinen Rat! Connie und DeeDee nennen mich schon wieder Zombie-Diät.«

»Zombie-Diät?«, fragte Mr Rogers. »Was soll das denn bedeuten?«

»Wenig zu holen in der Abteilung Hirn«, informierte ihn Troy.

»Okay, es ist ganz einfach«, sagte Wendy zu David. »Kümmer dich einfach nicht um sie. Tu so, als würde es dich überhaupt nicht interessieren. Das treibt große Schwestern mit Sicherheit in den Wahnsinn.«

»Und was, wenn das nicht funktioniert?«, fragte David.

»Wenn das nicht funktioniert, versuch's mit ›Tja, das heißt, wenn einer von uns den Zombie-Angriff überlebt, werdet ihr das nicht sein‹.«

David lachte, doch Troy verzog keine Miene.

»Mmm, Wassermelone.« Wendy steuerte auf den Tisch zu, wo Dad die Melonen mit chirurgischer Präzision zerlegte. »Komm, wir holen uns ein Stück.« Mr Rogers lief ihr hinterher.

»Warum bist du nett zu ihr?«, fauchte Troy David an. »Sie ist meine Todfeindin.«

»Ich finde sie nett«, sagte David. »Du hast Glück, dass sie die Freundin deines Vaters ist. Du hättest nämlich auch eine richtig fiese Stiefmutter abkriegen können – so was wie meine Schwestern. Oder wie die Hexenfrau!«

David war nicht bewusst, was er da sagte. Er hatte keine Ahnung, dass die Hexenfrau Raymonds Mutter war. Ich schaute zu Raymond, aber er verzog keine Miene. Für ihn war seine Mutter nicht die Hexenfrau. Für ihn war sie einfach seine Mutter.

»Wendy ist nicht meine Mutter«, sagte Troy. »Ich will meine richtige Mutter wiederhaben.«

»Meine Mutter ist auch weg«, sagte Raymond. »Deshalb bin ich hier.«

David und Troy starrten ihn an. Ich wartete auf einen fiesen Kommentar von Troy, aber er blieb aus.

»Weißt du, wo sie ist?«, fragte Troy. »Willst du sie nicht wiederhaben?«

»Das geht noch nicht«, sagte Raymond. »Ich muss warten, bis sie wieder gesund ist.«

Troy schwieg und schien nachzudenken. Dann fragte er: »Magst du Wasserpistolen? Ich hab nämlich ganz viele. Vielleicht kannst du irgendwann mal zu mir kommen, dann zeig ich sie dir. Wir können auch damit schießen.«

Raymond zögerte. Er wusste, wie Troy drauf war. Aber er willigte ein, weil er nett ist. Und ich glaube, weil er wusste, dass Troy einen Freund brauchte.

Mr Jack kam mit zwei Goldfischen aus seinem Haus, jeder davon in seinem eigenen Plastikbeutel. »Für das Geburtstagskind.« Er reichte mir einen der Beutel. »Und herzlich willkommen bei uns.« Er gab Raymond den anderen Fisch.

»Danke, Mr Jack.« Ich rannte heim, um meinen jährlichen Geburtstagsgoldfisch zu Zuzu, dem Fisch von letztem Jahr, zu schütten. Als ich zur Party zurückkehrte, war Raymond verschwunden.

»Wo ist Raymond?«, fragte ich Paz.

»Er ist mit Lennie in sein Zimmer gegangen. Sie überlegen, wo sie den Goldfisch hineintun sollen.«

Oh nein – Marcella! »Bin gleich wieder da.« Ich rannte ins Haus und zu Raymonds neuem Zimmer hoch.

Als ich oben ankam, stellte Raymond gerade eine Glasschale auf seine Kommode. »Ich glaube, ich nenn ihn Popeye«, sagte er. »Er hat ziemliche Glubschaugen.«

»Ich hab meinen Fledermausfisch genannt, musste sein«, sagte Lennie.

Mrs Gorelick hatte für Raymond eine neue Tapete mit einem Muster aus Booten und Ankern anbringen lassen. Der Bettüberwurf war marineblau und darauf lag ein Bootskissen. Das Zimmer sah fast wie das im Musterhaus aus, aber es war viel besser, denn das Bett war echt. Darauf saß, gegen die Wand gelehnt, Marcella.

In dem Augenblick, in dem ich sie sah, bemerkte auch Lennie sie. Sie schnappte nach Luft und streckte die Hand nach der Katze aus. »Hey! Das ist –«

Sie hielt inne und sah zu Raymond. Ich konnte sehen, wie es in ihrem Kopf arbeitete. Sie wusste, dass er der Sohn der Hexenfrau war. Vermutlich ahnte sie, von wem er Marcella bekommen hatte.

Oh nein, Lennie, dachte ich. *Nimm Raymond nicht Marcella weg.*

»Das ist … Ich hatte früher mal eine Katze, die genauso aussah.« Lennie sah Raymond mit großen, feuchten Augen an.

»Meine Mutter hat sie mir geschenkt. Ich habe ihm noch keinen Namen gegeben.«

»Ich finde, er sieht wie eine *sie* aus«, sagte Lennie. »Darf ich sie mal kurz halten?«

»Klar.« Raymond reichte ihr Marcella. Lennie drückte die Katze an sich und zupfte etwas Klebriges aus ihrem Fell.

»Warum nennst du sie nicht Marcella?«, sagte ich. »Findest du nicht, dass sie wie eine Marcella aussieht?«

Lennie lächelte mich an und gab Raymond die Katze zurück.

»Okay«, sagte Raymond. »Ich werde sie Marcella nennen.«

»Pass gut auf sie auf.« Lennie schluckte heftig.

»Das werde ich«, versprach Raymond.

Wir schütteten Raymonds Goldfisch in das Glas und gingen zur Grillparty zurück.

»Das war nett von dir, dass du Raymond Marcella nicht weggenommen hast«, sagte ich zu Lennie. »Du darfst sie bestimmt jederzeit besuchen.«

»Ich – ich brauch sie vermutlich nicht mehr«, sagte Lennie. »Raymond liebt sie. Ich freue mich, dass sie es gut bei ihm hat.«

»Heißt das, du hebst den Fluch auf?«, fragte ich.

»Der Fluch ist aufgehoben«, sagte Lennie. »Paz kann den Rest ihres Lebens unverwünscht leben.«

Ich rannte durch den Garten, um Paz die gute Nachricht zu überbringen.

Mein Freundebuch

Als es dunkel wurde und die Party sich allmählich auflöste, nahm mich Raymond mit in sein neues Zimmer und überreichte mir ein in Comicseiten eingewickeltes Päckchen.

»Ich hab dir dein Geburtstagsgeschenk noch gar nicht gegeben«, sagte er.

»Danke, Raymond.« Ich klappte als Erstes seine Karte auf. Es war eine Zeichnung von ihm und mir vor dem Musterhaus. Auf der Innenseite stand: *Für meine beste Freundin, herzlichen Glückwunsch zum Geburtstag – Raymond.*

Ich riss das Einwickelpapier ab. Darin war das geheime Freundebuch. »Für mich?«

Er nickte. »Ich hab jetzt echte Freunde. Und außerdem ist das Buch fertig. Schau.«

Ich klappte das Buch auf. Wir hatten alle Geheimnisse zugeordnet, unter jedem Foto stand das entsprechende Geheimnis. Manche waren mit goldenen Sternchen verziert.

»Die Goldsternchen heißen, dass wir das Problem in Ordnung gebracht haben«, erklärte mir Raymond.

Da war Theas Schulfoto mit der Unterschrift:

Wenn ich babysitte, schnüffle ich in den Schubladen und Schränken der Eltern herum, sobald die Kinder schlafen.

Unter das Bild, auf dem Melina Gitarre spielte, hatte er geklebt:

Ich bin in Kip Murphy verknallt.

Dann Martin Barton:

Ich bin in Melina verliebt.

Als Nächstes kam David Serrano mit seiner Wasserpistole:

Ich bin so dum. Ich glaub, mit mainem kopf stimmt was nicht. Aber ich will nicht, das jemant dafon erfährt, sonst bleib ich sitsen.

Troy hatte zwei Geheimnisse unter seinem motzigen Bild.

Ich sabotiere heimlich Dads Diät-Shake, indem ich Sahne und Zucker hineinschütte. Er sagt ständig, dass er nicht fassen kann, wie gut so ein Diät-Shake schmeckt! Und wundert sich, warum er nicht abnimmt. Aber ich will nicht, dass er dünner wird. Ich habe meine Gründe.

Ich weiß, wo Wendys Katze ist. Aber ich werde es nicht verraten.

»Ich glaube, Troy wird Wendy bald mögen«, sagte Raymond. »Wenn er versteht, dass ganz unterschiedliche Leute eine Familie sein können.«

Ich will bloß, dass andere mich mögen.

Das hatten wir unter Isabelles Bild geklebt. Aber es traf eigentlich auf jeden von uns zu. Ich hatte herausgefunden, dass Geheimnisse meist für mehr als eine Person gelten.

Und das nächste hatten wir Kip zugeordnet:

Ich wollte, ich wäre mutig genug wegzulaufen.

Wir hatten uns überlegt, dass er sein Auto vermutlich deshalb so liebte – weil er damit flüchten konnte. Von Raymond konnte das Geheimnis nicht stammen, er war ja wirklich weggelaufen. Aber ich war überzeugt, dass er jetzt nicht mehr ausreißen würde.

Und dann kam Katie Park:

Mein Goldfisch ist der Einzige, der mich liebt.

Und danach Paz' Geheimnis, das auch das von Thea sein konnte:

Ich hintergehe meine beste Freundin ganz schrecklich.

Lennie hatte noch kein goldenes Sternchen.

Ich habe meine Feindin verwünscht. Und es funktioniert.

»Jetzt können wir auch ein Sternchen neben Lennies Geheimnis kleben«, sagte ich. »Sie hat versprochen, den Fluch aufzuheben.«

Raymond nahm seine Schachtel und klebte einen Stern neben Lennies Geheimnis.

Auf der letzten Seite prangte ein Bild von mir. Darunter stand:

BESTE FREUNDIN, MINTY MORTIMER. GEHEIMNIS: Ich will nicht erwachsen werden. Niemals.

Dieses Geheimnis hatte auch noch keinen Stern.

»Woher wusstest du, dass das meines ist?«, fragte ich.

»Weil ich dich kenne«, sagte Raymond.

»An das können wir auch einen Stern kleben«, sagte ich. »Ich habe nämlich meine Meinung geändert.« Ich hatte keine Angst mehr vor der Middle School. Paz und Raymond würden mit mir dort sein und auch Isabelle, Katie und Lydia. Selbst wegen Troy und David machte ich mir keine Sorgen mehr. Ich hatte eine ganze Roller-Derby-Mannschaft Freunde.

Ein Geheimnis war noch zuzuordnen.

Ich habe ein Überraschungspicknick für meine beste Freundin vorbereitet.

»Vergiss das hier nicht«, sagte ich. »Wir brauchen noch ein Bild von dir.«

»Ich hab keins«, sagte Raymond.

»Hast du noch Film in deiner Kamera?«

Raymond sah nach. »Ein Bild noch.«

Ich nahm die Polaroid-Kamera und richtete sie auf Raymond. Er lächelte. Ich machte ein Foto. Es kam aus der Kamera, dunkel und trüb. Ein paar Minuten später entwickelte es sich vor meinen Augen.

Ich klebte es in das Buch, darunter das Geheimnis. »*Jetzt* haben wir alle.«

Ich versah es mit einem Goldsternchen.

Am nächsten Tag trugen wir das Geheimnisbuch durch den Wald zum Geheimnisbaum. Die Geheimnisse gehörten Crazy Ike. Wir beschlossen, sie ihm in einer Geheimzeremonie zurückzugeben.

»Oh, Crazy Ike«, sagte ich mit leiser, ernster Stimme, die ich für eine Geheimzeremonie für angemessen hielt. »Oh, verrücktester aller Ikes. Wir bringen dir diese Geheimnisse. Nimm sie von uns entgegen und sorge dafür, dass der Wind sie davonflüstert.«

»Ja, oh Crazy Ike«, sagte Raymond. »Ich hoffe wirklich, du hast Hunger.«

Ich ließ das Notizbuch in das Loch fallen, doch es blieb fast stecken. Irgendwas blockierte.

Ich steckte den Arm hinein und tastete. Ich berührte etwas Weiches und Feuchtes. Ich zerrte es heraus.

»Die Voodoo-Puppe!« Auf den Kopf war immer noch Paz' Gesicht geklebt, aber es steckten keine Nadeln mehr darin.

»Damit ist der Fluch wirklich aufgehoben«, sagte Raymond.

Ich legte das Notizbuch in das Loch und stopfte die Puppe hinterher. »Das sollte deinen Appetit für eine Weile stillen, Crazy Ike«, sagte Raymond.

Die Schiffsglocke bimmelte. Mom rief uns nach Hause.

Wir verbeugten uns vor dem Geheimnisbaum und rannten durch den Wald zurück nach Hause. Mr Gorelick wartete auf seiner Verandatreppe auf uns.

»Holt eure Mundharmonikas, ihr zwei. Ich habe Lust, eine Runde zu spielen.«

Raymond und ich setzten uns zu Mr Gorelick und spielten folgendes Lied.

Freund oder Freundin, ob alt oder neu,
auch wenn's mal kracht, bleib ihnen treu.
Der Kreis ist rund und geht immer weiter,
genauso lang bleib ich dein Begleiter.